THOMAS SAUTNER

Großmutters Haus

Gedruckt mit freundlicher Unterstützung der Kulturabteilung der Stadt Wien.

Gedruckt nach der Richtlinie des Österreichischen Umweltzeichens „Druckerzeugnisse", Christian Theiss GmbH, Nr. 869

MIX
Papier aus verantwortungsvollen Quellen
FSC® C012536

3. Auflage 2019

Grafische Gestaltung: Dorothea Löcker, Wien
Umschlagabbildung: © Getty Images/Nastasic
Druck und Verarbeitung:
Christian Theiss GmbH, St. Stefan im Lavanttal
ISBN 978-3-7117-2076-4

Informationen über das aktuelle Programm des Picus Verlags und Veranstaltungen unter
www.picus.at

THOMAS SAUTNER

Großmutters Haus

ROMAN

PICUS VERLAG WIEN

- 1 -

Großmutters Haus lag mitten im Wald. Gleich einer einsamen Wolke am weiten Himmel. Die Wiese ums Haus war aufgerissen von den Hauern der Wildschweine, der Komposthaufen durchzogen von den Gängen der Wühlmäuse und der Hochstand am Rand der Lichtung vermorschte, seit Großmutter ihn eigenhändig umgesägt hatte. Der Jäger mit seinem Geballere war ihr auf die Nerven gegangen.

Das Forsthaus, an dessen sonniger Vorderseite ein Kräuter- und Blumengarten angelegt war, gehörte nicht ihr. Doch Großmutter residierte geradezu kunstvoll darin und verfuhr mit dem Grafen, dem es gehörte, zuweilen hemdsärmelig, zuweilen damenhaft keck und jedenfalls in einer Art, als könnte der Graf von Glück reden, dass es ihm überhaupt gestattet war, sie zu besuchen ab und zu.

Großmutter war vielseitig und wandlungsfähig. Wenn sie von einem ihrer Rundgänge aus dem Wald heimkehrte, dreckverschmiert und in geflicktem Zeug, wirkte sie mitunter wie eine Hexe, deren undurchsichtiger Blick es ratsam erscheinen ließ, ihr auszuweichen. Am selben Nachmittag jedoch konnte sie im eleganten Kleid auf der Veranda erscheinen, mit makelloser Frisur, einnehmendem Augenaufschlag und Lippen, so tiefrot wie Kirschen an einem vielversprechenden Sommerabend.

Mir schien, Großmutter tat nicht nur stets, wonach ihr der Sinn stand, sie entschied auch in jedem Augenblick, wer sie sein wollte. Als besäße das Gestern keinerlei Besitzansprüche an sie. Als wäre sie an nichts gebunden, weder an ihr Alter noch an ihr Geschlecht, weder an ihre Zukunft noch an ihre Herkunft, ja als wären selbst die Naturgesetze nur dazu da, dass Großmutter mit ihnen umsprang, wie es ihr gefiel. Sie würde, sagten jene, die sie kannten, selbst dem Teufel ihren Willen aufzwingen, wäre er so verrückt, sich ihr in den Weg zu stellen.

Tatsächlich steckte sie voller Rätsel. Und sie hatte auch handfeste Geheimnisse, wie sich während jener Sommertage herausstellte, die wir gemeinsam bei ihr im Forsthaus verbrachten. Seit meiner Kindheit hatte ich sie nicht mehr zu Gesicht bekommen. Die Eltern belogen uns schlichtweg: Großmutter sei vor Langem schon gestorben, sagten sie. Wo ihr Grab sei? Keine Ahnung, niemand wisse, wo sie sich zuletzt herumgetrieben habe.

Einmal hieß es, wenn ich mich richtig erinnere, dass sie Schande über die Familie gebracht habe. Doch selbst das stritten die Eltern später ab. Fragen nach ihr wurden allesamt im Keim erstickt. Als wäre schon der Gedanke an Großmutter verwerflich.

Das Totschweigen wirkte. Mit den Jahren verschwand Großmutter aus unserer Wahrnehmung. Und vermutlich wäre es dabei geblieben. Doch dann, an einem regnerischen Tag Anfang Juli, läutete es an der Tür und der Postbote übergab mir ein beinahe telefonbuchgroßes Paket. Von außen betrachtet sah es vollkommen unscheinbar aus.

- 2 -

Meine Kindheit war, abgesehen von der einen oder anderen Grenzüberschreitung und dem Aufenthalt in einer psychiatrischen Klinik, arm an äußeren Ereignissen gewesen.

Ich war auf dem Land aufgewachsen, in der *Einschicht*, wie man bei uns sagte, und hatte nach Abschluss der Schule die erstbeste Gelegenheit genutzt, um in die Stadt zu flüchten. Ich versprach mir ein freieres Leben, hoffte, weniger unter Beobachtung zu stehen. Abends arbeitete ich als Kellnerin in einem Studentenlokal, tagsüber als unbezahlte Aushilfe in einer Bücherei.

Schon als Kind war es so, Höhe und Halt suchte ich in Büchern. Ihre Protagonisten schenkten mir eine Stimme, was heißt eine Stimme, einen mächtigen, stimmgewaltigen Chor, den ich zuvor immer nur leise in mir geahnt hatte. Zudem legten all die Bücher Seiten an mir offen, die mir zuzugestehen ich ohne sie nie gewagt hätte. Das Mittelmaß, das in meiner Kindheit und Jugend ringsum zur alles normierenden Selbstverständlichkeit erhoben worden war, erschien mir mit jedem gelesenen Wort, jeder erlebten Zeile enger, sonderbarer, ja unfassbar albern.

Zwischen Buchdeckeln war die Welt weiter. Der Zauber begann zumeist unmittelbar nach dem Eintritt. Ideen fluteten mich und ich ging mir verloren in ihnen. Sah überrascht auf, entdeckte mich verwandelt wieder. Keine gänzlich andere als gerade eben war ich, aber eine größere, reichere.

Oft war es das stille Geheimnis eines Textes, das mich umfing; oft der Inhalt, der Tonfall, die Melodie, im besten Fall das aus alldem erwachsende Ganze. Es flüsterte sich in meinen Kopf, stürzte in mein Herz. Das setzte aus, staunte und schlug fortan in einem feineren Takt. All die Bücher machten mich stärker und sie machten mich verletzlicher, taten mir gut und taten mir weh, gaben mir Kraft und rissen mich in Abgründe, in die zu sehen mir zuvor nicht eingefallen wäre.

Meine Fantasie ging zwischen den Zeilen spazieren, mein Realitätssinn schärfte sich auf der einen, meine Vorstellungskraft explodierte auf der anderen Seite.

Bücher waren keineswegs eine Ablenkung vom Leben. Bücher, Romane zumal, waren eine Rettung davor, helle Inseln im seichten Tümpelmeer. Welche Wahrhaftigkeit und welchen Sinn Bücher dem Leben einschrieben! Realer als die Realität waren sie. Ich erwachte in ihnen.

Von Beginn meines Stadtlebens an war der Plan gewesen, einmal nicht mehr auf das Kellnern angewiesen zu sein. War der Plan gewesen, von einem fixen Bücherei-Gehalt leben zu können und den ganzen schönen Tag in Büchern zu verbringen, aufgeweckter zu werden dank ihnen und nicht, betäubt vom Alltag, zu vergessen, welches Leben möglich war. Ein wenig freilich, es ließ sich nicht vermeiden, gehörte zum Plan auch, Bücher zu verleihen und den Bürokram zu erledigen.

Letztendlich war es wie meist: Was ich mir in den Kopf gesetzt hatte, geschah. Ich bekam exakt jene schlecht bezahlte Teilzeitstelle, die ich herbeigesehnt hatte.

Weil ich nie lange zufrieden war, wenn ich bekam, was ich wollte, wollte ich bald mehr, studierte nebenbei Philosophie, Germanistik und Komparatistik. Meinen Eltern sagte ich nichts davon. Komparatistik! Was sollte das denn sein? Das Wort alleine hätte Mutter gereicht, um zu wissen, dass ihre Tochter übergeschnappt war.

Ich war im Bademantel, als der Postbote das Paket brachte. Darauf waren, akkurat mit Bleistift hingedrückt, mein Name und meine Adresse zu lesen. Ich betastete das mit Klebeband umwickelte Bündel und fühlte: Bücher waren es nicht. Ich kratzte am Umschlagpapier, riss es an einer Falzstelle auf. Da brach die Spannung des Pakets und massenhaft quollen Geldscheine heraus. Zwanziger-, Fünfziger- und Hunderter-Noten! Sie fielen zu Boden, ich sank auf die Knie.

Riss – nach einer Schrecksekunde – nochmals am Packpapier. Fetzte es entzwei.

Eine Welle Geld ergoss sich über meine Oberschenkel. Ich erschrak! Freute mich! Erschrak abermals, kam ins Nachdenken. Geld! So wahnsinnig viel Geld!

Unter all den Banknoten schließlich eine handgeschriebene Nachricht auf einem kleinen Stück grauen Karton: *Anbei ein paar Zetteln mit Nullen drauf. Nicht der Rede wert. Es grüßt dich deine Großmutter Kristyna.*

- 3 -

Ich begutachtete die Scheine, hielt sie gegen das Licht. Nach meinem Dafürhalten: echt. Ich besah den Umschlag: kein Absender. Prüfte den Poststempel: verwischt, aber halbwegs lesbar. Ja, das Paket war im Ort unweit der Grenze aufgegeben worden. Dort war ich aufgewachsen. Und in der Nähe … natürlich, so musste es sein, wohnte Großmutter. Sie lebte! Irgendwo dort in der Grenzgegend, da würde ich sie finden!

Ich war hektisch, wegen Großmutter und wegen des vielen Geldes; beschloss, nicht hektisch zu sein. Dachte, dachte nach. Stopfte die Scheine in die baumwollene Umhängetasche mit dem blauen Logo der Bibliothek. Ging damit – ich zwang mich, nicht zu rennen – zu meiner Bank. Ich nahm mir vor, darauf zu achten, cool zu wirken, aber nicht zu cool. Unauffällig cool. Oder besser doch nicht cool, nur unauffällig, ja: unauffällig. Eine gänzlich unauffällige Coolness, das war der Plan. Ich fühlte mich wie eine Verbrecherin, aber eine smarte Verbrecherin, eine, die nichts Schlimmes angestellt hat, eigentlich eine, die gar nichts angestellt hat, die auf der guten Seite steht. Obwohl sie auf eine vertrackte, mysteriöse Weise ja doch womöglich verstrickt war in irgendwas.

Ich betrat die Bank, lächelte. Fragte nach einem Schließfach. Bekam es zugesagt, unterschrieb eine Art Mietvertrag, wurde in den Keller begleitet, in den Tresorraum. Das mit dem Schließfach hatte ich mir gut überlegt. Ich würde den Haufen Geld auf genau diese Art in Sicherheit bringen und nicht etwa indem ich die Scheine beim Schalter aufs Pult kippte, um sie auf mein Konto einzuzahlen und mir die Frage nach deren Herkunft anhören zu müssen. Schlaues Mädchen, lobte ich mich und verließ die Bank mit dem Gefühl, etwas ganz und gar richtig gemacht zu haben.

Wieder daheim in meiner Zweizimmerwohnung rief ich meinen Freund an. Ich ahnte, dass ich auf der Mobilbox landen würde. Es nervte mich nicht mehr, kränkte mich auch nicht mehr. Er war auf Dienstreise, irgendwo im Ausland, natürlich. Vier Jahre waren wir nun schon zusammen. Wobei das Adverb *zusammen* unsere Beziehung in ein falsches Licht stellt, im Grunde waren wir nun vier Jahre *auseinander*. Er kam, wann er wollte, ging, wann er wollte, und ich ließ es mit mir geschehen, warum auch immer. Er war siebzehn Jahre älter als ich, verheiratet. Eine zerrüttete Ehe, wie er sagte, eine Ehe nur noch auf dem Papier, wie er versicherte, eine Ehe mit Ablaufdatum, wie er zu wissen glaubte, von Anfang an.

Ich sprach ihm auf die Box, sagte, dass ich aufs Land führe, um meine tot geglaubte Großmutter zu suchen, und dass ich mir dafür sein Auto ausborgen würde. Den Zweitschlüssel hatte er mir einmal aufgedrängt, es war einer seiner Einfälle gewesen, um mich zu besänftigen. Nun war ich tatsächlich besänftigt. Mehr noch: Ich fühlte eine prickelnde kleine Genugtuung. Wenn er von seiner Dienstreise heimkehrte, würde der feine Herr mit Bus und Straßenbahn fahren müssen. Oder mit dem zitronengelben VW Cabrio seiner Ehefrau. Und wenn *ich* zurückkehrte, in diesem Moment beschloss ich es, würde ich Schluss machen mit ihm. Bis dahin aber, das war schließlich der Witz an der Sache, würde ich mir seinen fetten Mercedes schnappen.

Meine neue Kaltschnäuzigkeit verblüffte mich. Ich überlegte, ob ich das tatsächlich so durchziehen wollte. Ja! Wollte ich! Und wollte ich es nicht nur, sondern würde ich es auch tun? Wirklich, wirklich tun? Ja! Würde ich!

Die Hülle unseres engen Ichs erweitern, dafür

wäre Liebe das schönste Mittel. Allerdings ist, was wir rasch Liebe nennen, meist doch nur die scheinheilige Sonnenseite der Selbstsucht. Verliebte, sagt Jean-Paul Sartre, müssen ihr Sein nicht aus sich selbst erschaffen, jemand anders formt ihr Ich, und das in der fantastischsten Schönfärberei.

Vermutlich war es auch bei Chris und mir so. Als wir uns kennenlernten, war ich nicht besonders selbstsicher. Christian aber begehrte etwas an mir, von dem ich bis dahin nicht wusste, dass ich es besaß. Indem er sich aber geradezu verzehrte danach, und tausendfach versicherte, nur ich, ich allein hätte es, fand ich Gefallen an dieser bis dahin für mich unsichtbaren Seite. Sie machte mich schön. Attraktiv. Aufregend.

So kam das mit uns. Nicht Christian wurde mir unverzichtbar, obwohl ich es anfangs annahm, sondern mein neues Gefühl für mich und das aufregende Bild von mir, nach dem er süchtig zu sein schien. Würde mir diese Aura, diese Macht verloren gehen, wenn mir deren Schöpfer, Chris, verloren ginge? Ach was … Schöpfer! Er war doch lediglich der Entdecker dieser verborgenen Seite gewesen. Sie konnte mir gewiss ebenso wenig abhandenkommen wie ein einsamer Landstrich verschwindet, ist er erst einmal gründlich vermessen.

Liebe, heißt es, lässt einen Grenzen überschreiten. Mag sein. Seine Liebe jedenfalls war eine Grenzüberschreitung profaner Art. Es war keine Liebe zu mir. Es war eine Liebe an mir. Ich war sein aufregendes Spielzeug. Er mutete mir seinen Mut zu, erprobte an mir seine in der Ehe erschlaffte Lust. Und ich ließ es mir gefallen, buchstäblich. Auch ich wollte meine engen Grenzen hinter mir lassen, wollte wissen, wohin es mich führen würde, erfahren, ob ich wirklich meinte, was ich da tat, und ob es mich weiterbrachte. Tat es nicht. Und Christian wohl auch nicht. Einen verschlungenen Seitenarm des Lebens hatten wir befahren und uns vorgemacht, wir hätten uns ins Meer der Liebe gestürzt, davon getrunken, intensiv wie nie. Wir waren Junkies, auf einem Trip. Um die Illusion wahr sein zu lassen, reichte es, die selbstvergessenen Momente zu feiern und den großen Rest unter den Teppich zu kehren. Unters Bett in unserem Fall.

Aber vielleicht besteht darin ja die Kunst des Lebens. Es nicht so zu sehen, wie es ist.

Ich rief in der Bücherei an. Kein Problem, sagte Linda, meine Chefin, klar könne ich meinen Urlaub um ein paar Tage vorverlegen. Mach dir's schön, sagte sie, genieße die Zeit, Malina.

- 4 -

Nachts, bevor ich zu Großmutter fuhr, träumte ich von ihr in einer bezwingenden Klarheit. Dann schlug ich die Augen auf und wusste noch immer und wie schon im Traum, dass ich nicht zu ihr fahren brauchte, da sie sich doch ohnehin in mir befand. Aber mochte ich es auch noch so sehr wissen, einen Wimpernschlag später sagte mir mein Verstand, dass ich im Bett lag, eben aufgewacht war, dass ich atmete, nur geträumt hatte, dass alles an seinem gewohnten Platz war und das Gegenteil von dem wahr, was gerade noch mit letzter Sicherheit für mich gegolten hatte.

Mit jeder Sekunde, in der sich mein Verstand nicht mehr im Sog des Schlafs befand, sondern in die gewohnte Betriebsamkeit überging und damit über mein Denken wachte und also über mich, verloschen mehr Bilder meines Traumes. Wenn ich manche vorerst auch durch Willenskraft bei mir zu halten vermochte, hatten sie doch ihre gerade noch so überzeugende Eindringlichkeit verloren, erschienen nur noch schemenhaft. Mein Traum entglitt in Abstraktion.

Ein einziges traumhaftes Detail blieb mir in aller Klarheit erhalten, nur dieses eine rutschte, sich vor meinem Verstand rettend, durch dessen zensurierendes, mich vorgeblich vor mir selbst schützendes Sieb: dass es in Großmutters Haus eine besondere Tür gab. Diese Tür würde mir immer offenstehen, auch wenn sie im übrigen Leben nicht einmal zu existieren schien. In Großmutters Haus aber würde ich auf die einfachste Weise Zugang finden. In Großmutters Haus würde ich diese Tür klar vor mir sehen, wissen, dass dahinter die Antworten auf all meine Fragen, auch die noch ungestellten, lägen. Und nichts weiter wäre zu tun, als hindurchzuspazieren, um hinter dieser Tür lächelnd zu erkennen, dass keine einzige Frage mehr nötig war.

- 5 -

Mittagssonne, der Wald rundum stand still. Großmutter saß auf der Veranda in ihrem Schaukelstuhl, als ich ankam bei ihr.

Sie zu finden war irritierend einfach gewesen. Derart einfach, dass es mir zu einfach schien. Die erste Person schon, die ich nach ihr fragte, eine Angestellte im lokalen Postamt, machte den Eindruck, als hätte sie geradezu auf mich gewartet.

»Du hast ihre Augen«, sagte die rotwangige Dicke und beugte sich blinzelnd nach vorne. »Auch deine Mundpartie, wie ihr aus dem Gesicht geschnitten!«

Großmutters Haus liege »drinnen«, sie machte eine wegwerfende Handbewegung, als wäre dieses Drinnen weit, ungreifbar weit entfernt, »im Wald vom Grafen«. Den Ort raus, am Teich vorbei und beim Bahnübergang die erste Abzweigung rechts, ab da ein paar Kilometer geradeaus. Der Weg schlängle sich auf und ab durch den Forst, um diese Jahreszeit kein Problem, gut zu befahren. »Aber pass auf die Schlaglöcher auf«, sagte sie, »und dass du mir ja nicht irrtümlich eine Abzweigung nimmst, immer schön der Nase nach.« Die Pausbäckige hielt inne, besah mich. Schien uneins, ob sie mir die Umsetzung ihrer Wegbeschreibung zutrauen sollte. »Immer geradeaus, einfach geradeaus«, wiederholte sie, beschrieb mit Händen und Armen indes kleinkurvige und ausholende und abermals kleinkurvige Bögen: links, rechts, links, links, rechts. »Verstehst?«, fragte sie, »immer schnurgerade!« Obgleich ich pflichtschuldig nickte, unterzog sie mich einem ausführlichen kritischen Blick, rieb sich nachdenklich das Kinn, wie ich es bisher nur von stoppelbärtigen Männern gekannt hatte. »Und dann«, fuhr sie fort, »dann, nach ein paar Kilometern, fünf oder sechs oder vielleicht maximal sieben oder acht, geht die Lichtung auf«, eine alte Lärchenallee erwarte mich dort. Und in deren Mitte, nur ein klein wenig abseits, stehe Kristynas, also Großmutters, Haus. »Nicht zu verfehlen«, sagte die Dicke, »na ja, normalerweise.«

Wenig später kurvte ich (annäherungsweise geradeaus) in variantenreichen Bögen durch den Wald. Dachte an die Rotwangige von der Post, musste schmunzeln. Der Weg war, wie sie ihn beschrieben hatte: sich auf und ab und heftig hin und her schlängelnd und überaus reich an Abzweigungen, die gut als Verlängerung der empfohlenen Geraden hätten durchgehen können, die zu nehmen ich mich aber hütete. Wie zur Belohnung öffnete sich nach einer kleinen Ewigkeit der Wald und ich steuerte auf die versprochene Lichtung zu, die Lärchenallee.

Hier hielt ich den Wagen an, einfach weil ich Lust dazu hatte, und stieg aus. Ich freute mich, dass ich da war, freute mich, dass ich alles richtig gemacht hatte. Genüsslich atmete ich durch. Waldkühle. Wiesenwärme. Kindheitssommerduft.

Die Welt stand still. Die Luft stand still. Kein Ton zu hören. Kein Pfeifen, Fiepen, Knacksen. Alles hielt den Atem an. Selbst die Schäfchenwolke über mir war plötzlich wie festgeklebt. Ich kniff die Augen zusammen. In einiger Entfernung sah ich es: Großmutters Haus.

Schönbrunner gelb war es, hübsch anzusehen, und es fügte sich harmonisch in die Landschaft. Sonderbar nur das Dach. Es musste aus silbernen Schindeln sein oder blitzblankem Blech. Der Himmel spiegelte sich darin, als wäre er niedergesunken und läge nun genießerisch auf Großmutters Haus.

Möglichst behutsam und höflich wollte ich mich nähern. Ich startete, legte meine Hände sachte, ganz sachte aufs Lenkrad. Im Schritttempo rollte der Mercedes voran. Unter den Reifen knirschte gläsern der Sand.

Vorhin noch, im tiefen Wald, auf dem schmalen Weg, hatte der großspurige Wagen samt seinem Cockpit aus Mahagoni und Nappaleder geradezu unmöglich gewirkt. Als schöbe sich, unverschämt schwer, ein Luxusdampfer durch ein Bächlein. Nun war der Weg breiter, zu beiden Seiten blühte silbern das Föhngras und die kirchturmhohe Lärchenallee lenkte, anstatt Schatten zu werfen, Licht vom Himmel nieder. In einem goldenen Korridor glitt ich Großmutters Haus entgegen. Währenddessen schien mir, als gäbe nicht der dunkle Nadelwald der Lichtung ihre Form, sondern als gestattete es die Lichtung den Bäumen, sich an sie zu schmiegen.

Vor Großmutters Haus empfing mich ihr Blumendschungel, ihr Gemüse- und Kräutergarten, ihre botanische Arche Noah. Vor Kurzem musste sie die Beete gegossen haben, der feuchtwarme Duft satter Erde hing in der Luft. Gierig reckten sich Wurzeltriebe, pelzige Poren atmeten lüstern. Doch schon übertrumpft vom Bouquet der Rosen, der Pracht der Himmelsleitern und der gefingerten Lupinen. Ein Teppich aus Taglilien, Margeriten, Lobelien zu meinen Füßen. Dicht an dicht mit Petersilie und Beifuß, Tollkraut und Stechapfel. Süßholz, Tabak und Thymian, nachbarschaftlich eng die Dille, der Majoran, die Minze und das Bilsenkraut. Pfefferstrauch, Lavendel, Steppenraute, Wermut und Sellerie. Welch betörende Üppigkeit! Großmutter lehnte im Schaukelstuhl, ein Bein lässig über das andere geschlagen.

Zuletzt war ich ihr als Mädchen begegnet. Doch es fühlte sich an – als wäre es gestern gewesen. Großmutter sah mir in die Augen. Gelassener, heller Blick. Wie attraktiv sie war! Ich fiel in ihr sonnengebräuntes, faltenschönes Gesicht.

Sie trug ein weit offenes schwarzes Männerhemd und alte Jeans. Ihre knöchernen Füße waren nackt, erdig dunkel. Unterarme und Hände hatte sie entspannt auf die Lehnen des Schaukelstuhls gelegt. Zwischen Zeige- und Mittelfinger ihrer Rechten qualmte eine Filterlose, die war so bucklig, man hätte glauben mögen, Großmutter rauche einen Joint.

Ich ging näher, wollte sie begrüßen, da richtete Großmutter nach wer weiß wie vielen Jahren ihre ersten Worte an mich: »Park den Kübel besser hinterm Haus.« Sie hob das Kinn Richtung Mercedes. »Sonst glauben die Leute noch, ich hab Besuch von einem Zuhälter oder der Russenmafia.«

- 6 -

»Der Schlitten gehört also deinem Freund.« Großmutter zuckte despektierlich mit einer Augenbraue. »Und dieser Freund ist verheiratet.«

Ich nickte, hob entschuldigend die Schultern.

»Und er hält dich seit Jahren hin, und jetzt willst du ihm endlich den Laufpass geben. Und bei der Gelegenheit den Mercedes zurückgeben.«

Erneut bestätigte ich mit einem Nicken.

»Aber wieso denn, Malina?!« Großmutter sah mich an, als wäre ich unzurechnungsfähig.

»Dein Freund, wie heißt er noch einmal?«

»Christian.«

»Ich bin sicher, der gute Christian ist dir unglaublich dankbar für all die Jahre … Freundschaft. Und er wäre untröstlich, könnte er dir nicht als Symbol seiner Freundschaft ein kleines Geschenk machen, und auch zum Dank dafür, dass du eure … Freundschaft nie gegenüber seiner Frau erwähnt hast.«

»Du schlägst vor, ich soll ihn erpressen?«

»Aber wo«, Großmutter wachelte mit der Hand, »nicht erpressen. Du schenkst ihm eine neue Freiheit. Männer mögen das. Und du schenkst ihm die Möglichkeit, dir für all die Jahre zu danken und einen sauberen Schlussstrich zu ziehen. Auch das mögen Männer, eine überschaubare, simple Lösung. Und wie sieht die in eurem Fall aus? Ganz klar: Christians Augensternchen kriegt ein Mercedessternchen.« Großmutter zog an ihrer Selbstgedrehten und blickte zufrieden Richtung Blumengarten.

Ich hatte ihr alles erzählt. Wobei, eigentlich hatte ich ihr überhaupt nicht alles erzählt, sie aber hatte auf der Stelle alles verstanden. Flugs waren wir vom Mercedes auf Christian gekommen, meine Nichtbeziehung zu ihm, mein ewiges Singledasein, die kleine Wohnung, die Arbeit in der Bücherei, alles in allem mein Einsiedlerinnenleben. Gut, ich traf Leute, ging hin und wieder aus, durfte sogar zwei liebe Menschen meine Freundinnen nennen; und dennoch, im Grunde lebte ich ein Einsiedlerinnenleben. Niemals bekam jemand einen unmittelbaren, mich und meine Wesensart erschließenden Zugang, und am schwersten wog wohl: selbst ich nicht. Stets schien sich das Entscheidende zu entziehen, verbarg sich das mich Ausmachende. Bis vor Kurzem hatte ich gedacht, ich sei alleine damit. Doch wieder einmal half die Literatur.

Georg Büchner, »Dantons Tod«. Hier erfuhr ich aus fremdem Mund – welch ein Trost –, was ich längst vermutete: *Es wurde ein Fehler gemacht, wie wir geschaffen wurden; es fehlt uns etwas, ich habe keinen Namen dafür.* Ich auch nicht, aber ich vermute, dieser Makel, diese Unfähigkeit, den Kern unseres Wesens zu erkennen, beschäftigt uns ein Leben lang, zwingt uns, Mensch zu sein.

Andere scheint derlei nicht sonderlich zu beschäftigen. Gewiss, manches Mal zweifeln sie an sich, zweifeln und verzweifeln an der Menschheit, an unserer Zivilisation, unseren *Verhältnissen.* »Kann das denn wahr sein?«, fragen die Menschen, doch nie ist dieses »Kann das denn wahr sein?« buchstäblich gemeint. Ich hingegen meine es buchstäblich, stelle unser aller Existenz infrage samt Physik, Mathematik, Biologie, Geologie, Kosmologie. Zuallerobserst aber stelle ich mich infrage.

Begonnen hatte es schon als Kind. Von Beginn meines erinnerten Denkens an fühlte ich mich wie auf eine Bühne gestellt, auf der ich mich nicht zurechtfand. Die mir zugedachte Rolle schien mir unpassend und auch die gesamte Bühne dubios, obgleich alle, wirklich alle anderen ernsthaft behaupteten, diese unsere Rollen und diese unsere

Bühne seien das einzige Leben und die einzige Welt.

Sobald ich aber auch nur einen eingehenden Blick darauf richtete, war doch der Vorhang zu erkennen, der alles verbarg, die Kostüme, der billige Klamauk. Und mit dem zweiten Blick sah ich auch das Dahinter, das Rundherum und also die Bühne samt uns darauf wie frei und luzid schweben in einem ewiglich dunklen All. Nur eines sah ich nicht, die heimtückische Macht, die uns alle auf diese Bühne platziert, uns Rollen zugeteilt und dafür gesorgt hatte, dass wir so fest daran glaubten, als wäre es das Ein und Alles. Hatte dieses Schauspiel irgendeinen Sinn? Beobachtete es jemand, abgesehen von uns selbst? Woher kam die Idee dazu? Wohin würde sie uns führen?

»Mach dir nicht so schwere Gedanken«, hatte eine freundliche Frau in der Klinik zu mir gesagt. »Du bist noch so jung, lebe das Leben.« Ich erinnere mich gut an sie. Sie hatte eine entfernte Ähnlichkeit mit der Rotwangigen von der Post. Gerne wäre ich damals ihrem Rat gefolgt, doch ich misstraute ihr. Wusste sie mehr, als sie vorgab? Wollte sie mich in die Irre führen?

»Die Herausforderung bei existenziellen philosophischen Fragen ist, nicht daran verrückt zu werden.« Auch dieser Satz fiel damals in der Psychiatrie, jemand sagte ihn so nebenbei dahin. Der Satz leuchtete mir ein. Meine Sorge etwa, dass alle Menschen unter einer Decke stecken könnten und ich womöglich die einzige Uneingeweihte war, diese mich irremachende Wahnvorstellung musste ich schleunigst loswerden.

Vom Philosophie-Studium erhoffte ich mir, etwas Klarheit in derlei Unwägbarkeiten zu bekommen. Ich ließ keine Vorlesung aus, die sich auch nur annähernd den Themen Einbildung und Wirklichkeit widmete. Buddha zum Beispiel. Als der sich von seinem schattigen Plätzchen unterm Feigenbaum erhob und verblüfft feststellte, dass er nun alles wisse, war er da ein Weiser oder ein Narr? In seiner Erleuchtung hatte er die Leere der Dinge erkannt und dass dem Sein die Wirklichkeit abgesprochen werden müsse. Daran verzweifelte er aber nicht, sondern begegnete dem Nichts der Welt mit amüsierter Gelassenheit und ließ sich ein ansehnliches Bäuchlein wachsen, der Leere der Dinge zum Trotz.

Welcher Widerspruch zu Descartes, dem Oberschlauen unter den Philosophen. *Ich denke, also bin ich.* Als ob Denken ein Beweis wäre! Als ob es auch nur irgendeinem Wesen möglich wäre, zu erkennen, ob sein Denken in Bezug zu einer größeren Realität als der eigenen steht!

Ich denke, also bin ich. Jedes bessere Tamagotchi kann sich das einreden! Origineller als Descartes war da schon Augustinus von Thagaste mit seinem *Wenn ich mich täusche, bin ich.* Wäre er nicht, dachte Augustinus, könnte er sich auch nicht täuschen. Nun, wer weiß. Mittlerweile steht schließlich schon auf T-Shirts, *Glaub nicht alles, was du denkst.*

Fragwürdig ist mir auch die Naturwissenschaft, obwohl sie heute eine uns disziplinierende Autorität genießt, wie einst seine Heiligkeit, der unfehlbare Papst. Der Satz des Pythagoras etwa, die Erkenntnisse von Kopernikus und Galilei oder Newtons Gravitationsgesetz. Ich bezweifle die Allgemeingültigkeit jener und aller anderen wissenschaftlichen *Beweise.* Selbst Einstein, dem der Welt die Zunge zeigenden Magier unter den Wissenschaftern, misstraue ich, ihm, der den Zaubertrick zuwege brachte, Energie, Masse und Zeit ihre Absolutheit zu nehmen, indem er sie verschmolz, dem auch das Kunststück gelang, die Relativität von Zeit und Raum darzulegen. Großartig, aber welcher Zeit? Und welchen Raumes? Jenem in der größtmöglichen Wirklichkeit? Oder womöglich ja doch nur jenem unseres gedanklichen Universums?

All die Genies nämlich, all die Einsteins, Galileis und Newtons, finde ich dahergelaufenes Landei, schummeln sich über eine entscheidende Kleinigkeit hinweg: uns.

Sie alle gehen, so fabelhaft ihre Ideen sind, von einer unbewiesenen Prämisse aus: dass wir Menschen real sind.

Sind wir es nicht, befindet sich womöglich alles, was wir Materie, Raum und Zeit nennen, was wir Sonne, Mond und Sterne heißen, lediglich in unserem die Dinge träumenden Geist. Und die andere Wirklichkeit, jene, die weit darüber hinaus besteht, ist uns gänzlich fremd.

War ich deshalb auf die Literatur gekommen? Weil sie eine Brücke aus unserer Enge beschrieb? Weil ihre Offenheit mir glaubwürdiger schien? Wahrer als die Wahrheit, wie Hemingway sagte?

Mitunter ertappe ich mich dabei, selbstvergessen dieses alte englische Kinderlied zu summen:

Row, row, row your boat,
gently down the stream.
Merrily, merrily, merrily, merrily,
life is but a dream.

Und dann ist mir auch noch der Größenwahn eigen, dass ich denke, wenn ich mich nur konsequent jener uns verborgenen Wirklichkeit hingebe, erwache ich wahrhaft aus diesem Kindertraum, in dem wir Menschen seit Anbeginn schlafwandeln.

Als brächte es mich weiter, stelle ich mich manchmal nahe zur Wand, nahe, ganz nahe an den dort hängenden Spiegel, und springe in meine Augen. Falle durch sie ein in mich. Widerstehe dem Schrecken, widerstehe dem Fluchtreflex, versuche vorzudringen. Doch sosehr ich auch forsche, bis ganz hinab, bis auf meinen Grund komme ich nie. Wohin ich immerhin komme, sind Augenblicke des Sehens, einmal mich schaudernd, einmal mich beglückend. Wohin ich gelange, ist das ahnungsvolle Aufleuchten dessen, was uneinnehmbar fern sich aufhalten mag in diesem tiefen Pupillenschwarz.

Als Kind erzählte ich meinen Schwestern von der Möglichkeit, auf diese Art in den Spiegel zu sehen. Sie machten es mir nach, doch keine von ihnen ein zweites Mal, bestürzt wandten sie sich ab.

Seltener und ganz ohne mein Zutun passiert es, dass ich mich von oben betrachte. Es ist, als schwebte ich an der Decke und blickte hinab auf mich, während ich unten im Zimmer liege oder sitze oder gehe. Zuerst bin ich verblüfft wie über ein sich seltsam verhaltendes Wesen, rasch aber erkenne ich mich in diesem Wesen, denke, dass die Begriffsstutzigkeit von mir da unten doch nicht wahr sein kann. Gleich, ja gleich müsste dieses Ich doch zu mir nach oben blicken und also dahinterkommen, wie sich alles verhält. Gerade aber weil es das nicht tut, beginne ich es nach und nach lieb zu gewinnen wie ein Kind. Wohlwollend betrachte ich dieses Wesen, das sich selbständig denkt, diese Fantasie, die sich real und rational nennt und Mensch, weil sie doch scheinbar unbestreitbar aus vernunftbegabtem Fleisch besteht. Und dieses kleine Ich da unten atmet ja auch Luft, lässt sie in die Lungen ein- und wieder ausströmen. Und unter den Füßen befindet sich fester Boden, befindet sich die Erde, von der doch wissenschaftlich bewiesen ist, dass sie seit vier Komma sechs Milliarden Jahren besteht und dass sie im All schwebt gleich einem Luftbläschen in ozeanischer Weite. Wer könnte da noch zweifeln, wer all dem nicht trauen?

Nun, ich.

Ich zweifle. Ich traue all dem nicht. Am allerwenigsten freilich traue ich mir. Ich stelle mich infrage. Nun, da mich Großmutter auf geschickte Weise verhört hatte, wurde mir meine Lage mit jedem meiner Gedanken, jedem Satz deutlicher: Ich war ein Freak.

»Du bist kein Freak«, hörte ich Großmutter sagen. »Du bist auf der Suche, das ist alles.«

…

»Und? Behältst du den Kübel nun?«

»Was?!« Ich erschrak, ähnlich wie einem ist, wenn man aus einem beginnenden Schlaf hochschreckt.

»Ob du den Kübel behältst?«, wiederholte Großmutter.

»Welchen Kübel? Ach so, … den Mercedes. Ja. Ja klar, den werde ich behalten.«

- 7 -

Eines habe ich noch vergessen. Nicht nur von oben herab sehe ich mich manchmal, sozusagen wie ein an der Decke klebender Käfer oder ein klein geratener Gott. Es passiert gewissermaßen auch andersherum. Wenn ich etwa den Kopf in den Nacken lege und beide Arme nach oben strecke, kann es geschehen, dass nicht ich die Arme sehe, sondern etwas aus mir heraus sie sieht. Aus meinem Kopf heraus. Dazu passt, dass die Arme, die ich auf diese Weise wahrnehme, nicht zu mir gehören, sondern jemandes fremde Arme zu sein scheinen. Schon im nächsten Moment weiß ich freilich wieder, dass es naturgemäß meine sind.

- 8 -

Großmutters Haus hatte einen Vordereingang und einen Hinterausgang, als hätte es einen Mund und einen Anus. Als wäre es ein Organismus, durch den das Leben pulsierte, der Sommerwind und der Kräuter-Garten-Blumenduft.

Der Vordereingang war über die Veranda zu betreten. Von ihm führte schnurgerade ein geräumiger Gewölbegang durch die gesamte Tiefe des Hauses, um Hindurchschreitende am Ende auf die große Wiese zu entlassen. Dahinter lag der Wald.

Großmutters Haus hatte viele Fenster. In alle Himmelsrichtungen ließen sie sich öffnen. In der Hausmitte konnte man die Zimmer im Norden, Süden, Westen, Osten und sämtlichen Nebenhimmelsrichtungen zugleich sehen, jedenfalls wenn man ein Kaninchen mit einem Gesichtsfeld von dreihundertsechzig Grad war und die Mauern, die im Weg standen, mit Superkaninchenröntgenblick durchschaute.

Großmutters Haus hatte, obgleich es von außen kompakt und überschaubar wirkte, eine schier unendliche Zahl an Räumen: große und kleine, kantige und gewölbte, oft und wenig Begangene. Das prächtigste war Großmutters Schlafzimmer. In dessen Mitte, und ich meine wirklich in dessen Mitte, also nicht etwa mittig an einer Wand, sondern in dessen Zentrum, thronte ein riesiges Himmelbett wie aus Tausendundeiner Nacht. Goldglänzende und dunkelviolette Seidentücher schmückten den Raum, mehrarmige Kerzenständer, Raubvogelfedern, eine afrikanisch anmutende Sitzgelegenheit aus glattem, dunklem Holz. Wäre ich länger geblieben, hätte ich wohl erzählt bekommen, dass Großmutter das sonderbare Möbel – bestehend aus nur zwei raffiniert zusammengeschobenen Teilen – beim Kartenpokern in Durban erspielt hatte, in einer Bar mit weitläufigem Blick auf die Straße von Mosambik, im Wettstreit mit vier Männern, und dass es sich um einen *Love Chair* handle, dessen Konstruktion es der Frau erlaube, sich in für sie idealer Position auf den Mann zu setzen. Auf Nachfrage hätte ich erfahren, welche Symbolkraft all den Tieren innewohnte, die in die Rückenlehne des Love Chairs geschnitzt waren. Jene der drei aberwitzigen Vögel auf dem Kopfteil der Lehne; darunter jene des Hasen und des mit ihm in pikanter Verbindung stehenden Nashorns, zudem die Bedeutung des wohlwollend?, arglistig?, des … *erfahren* abwartenden Löwen in der Mitte der Lehne; und zuunterst schließlich, dort, wo das Becken der Frau auf jenem des Mannes schaukeln würde, den besonderen Sinn des zärtlichsten und zugleich mächtigsten Wesens von allen, des Elefanten. Wäre ich wissbegierig gewesen, hätte ich vielleicht erfahren, dass diese großzügig bebilderte Buchseite, die auch als Rückenlehne des Love Chairs wahrgenommen werden könne, ein Liebesgedicht sei, eingeschrieben dem fließend dunklen Holz, hätte erfahren, wie die Tiere zueinander in Verbindung stünden, hätte gelernt, staunend, wie eines das andere auf das Natürlichste ergänze; und dass jenes Liebesgedicht nur zu verstehen und also zu genießen sei, wenn es unverstanden und intuitiv rezitiert würde, tonlos oder laut; gierig schnell oder mit elegischer Anmut. Unbedingt aber, ja, unbedingt friedvoll, im symphonischen Zweiklang von Frau und Mann, Mann und Frau. Schließlich hätte mich das Gedicht gelehrt, dass körperliche und geistige menschliche Liebe zuweilen eins seien und sich Liebe zeige, wie es ihr nun einmal möglich sei, in einer hell aufgeschlagenen Seite Literatur, einem Blick, weit offen, einem schönen Wort. Oder im verschwitzten, blutroten Holz eines animalisch beschriebenen Möbelstücks.

Liebe, innigster Trost.

Das meistbewohnte Zimmer tagsüber war Großmutters Küche. Auf deren abgetretenem Dielenboden lag ein Flickenteppich, unter dem sich eine Falltür und ein Erdkeller verbargen. Nicht immer, aber meist, jedenfalls im regnerischen Herbst und im Frühjahr nach der Schneeschmelze, schlängelte sich ein Bächlein von einer Ecke des Gemäuers diagonal zur anderen. Sommers, wenn das Bachbett trocken war, sah es aus, als hätte eine Python, weich und beharrlich, dem sandigen Boden ihre Nachricht anvertraut.

Zudem hatte Großmutters Haus ein geräumiges, harzig duftendes Oberstübchen.

»Träumst du schon wieder, Malina?«

»Entschuldige, Großmutter.«

»Willst du mich wirklich Großmutter nennen?«

»Stört es dich?«

»Stört es *dich* nicht?«

»Wie soll ich dich sonst nennen?«

»Was hältst du von Kristyna? Oder, wenn du möchtest, auch ganz altmodisch Oma.«

»Gerne, Oma … Kristyna …

Du, darf ich mir das mit deinem Namen noch überlegen?«

»Sicher.«

»Kristyna? Kristyna-Oma?«

»Ja?«

»Du hast vorhin gemeint, ich sei auf der Suche? Auf der Suche wonach?«

»Das weißt du doch selbst, oder?«

»Klar weiß ich es, mich interessiert nur, was du dazu denkst.«

Sie lächelte, mein Schwindel war aufgeflogen.

»Du bist auf der Suche nach Antworten. Nicht wahr?«

Ich nickte vage.

»Wegen deiner Fragen bist du doch hier. Du willst wissen, warum du von mir Geld bekommen hast und wieso ich so viel habe. Willst wissen, warum wir uns all die Jahre nicht gesehen haben. Wo ich gesteckt habe, wer ich bin und noch viel wichtiger: wer du bist. Deshalb liest du doch auch all die Romane, stimmt's? Um dem Leben auf die Spur zu kommen.«

Großmutter hatte es ganz gut getroffen.

»Also«, sagte ich und fragte, um mit dem Einfachsten zu beginnen: »Woher hast du so viel Geld?«

Sie schien amüsiert, ihre Mundwinkel zuckten. Und dann sagte sie: »Betriebsgeheimnis.«

»Betriebsgeheimnis«, wiederholte ich matt. »Betriebsgeheimnis, und das gleich bei der ersten Frage.«

Großmutter hob die Schultern, als wäre sie machtlos. Legte den Kopf zurück und blies schmallippig einen Faden Rauch in die Luft. Schließlich tippte sie, als wäre es der Punkt hinter ihrer Antwort, Asche von der Selbstgedrehten. Das Stückchen fiel in eine der Spalten des Veranda-Bretterbodens.

»Betriebsgeheimnis?«, fragte ich erneut, nun in vorwurfsvollem Ton.

»Ich bin eine alte Frau«, säuselte sie gespielt, »und hab nun einmal viel Zeit gehabt, all das Geld zu verdienen; mit dieser und mit jener Tätigkeit.« Sie sah mir in die Augen. Was für ein schelmischer Blick!

»Malina, hab ein bisschen Geduld. Geschenkt jedenfalls hab ich dir das Geld, weil du es gut brauchen kannst, etwa für Bücher.«

»Mit der Summe kann ich eine Bibliothek samt Lesesaal kaufen.«

»Ja!«, rief sie, »oder du nutzt es, um selbst ein Buch zu schreiben oder eines schreiben zu lassen, eines über dich zum Beispiel.« Ihr war nicht anzumerken, ob sie ernsthaft meinte, was sie da von sich gab.

Nachdem sie mich eine Weile in meiner Ratlosigkeit beobachtet hatte, erkundigte sie sich, wie lange ich bleiben wolle. »Wie lange nimmst du dir Zeit?«

»Du meinst für meine Fragen?«

»Für die Antworten, die du bekommen willst, um sie zu vergessen, um sie wiederzubekommen, abermals zu vergessen, zu bekommen, zu vergessen.«

Ich stierte sie an.

Sie lachte rasselnd auf, warf den Kopf in den Nacken.

Und dann fragte sie, plötzlich mit einem ernsten Lächeln: »Was ist die größte Antwort, nach der du dich sehnst, Malina? Wenn du nur eine Frage offen hättest?«

»Nur eine … du meinst so generell? Hm, dann vermutlich eine von den Klassikern: Gibt es einen Lebenssinn, woher kommen wir, wohin gehen wir? Du weißt schon, Geheimnis des Lebens, Existenz Gottes, dergleichen Hochtrabendes.«

»Wenn's nur das ist«, sagte sie gelangweilt und schnippte den glimmenden Zigarettenstummel in den Blumengarten. »Ich hab schon gedacht, du fragst was Schwieriges. Weshalb die Blätter der Erlen heuer so rasch abfallen, wo hier der nächste brauchbare Chardonnay zu bekommen ist oder wie man sich einen Mann zum Liebhaber dressiert. Deine Frage aber nach Gott und der Welt ist banal und einfach zu beantworten; die stellt sich doch jeder irgendwann und die Antwort weiß auch jeder.«

Funkeln in Großmutters Augen. Was für eine Schauspielerin. Ich lehnte mich zurück.

»Anfang und Ende des Universums, wir mittendrin und wie alles zusammenhängt, einfach, Oma, ja?«

»Klar. Ganz einfach.« Sie begann sich eine neue Zigarette zu drehen.

»Und weil es so einfach ist, weiß es auch jeder, sagst du.«

»Freilich, Malina.« Sie jedenfalls kenne niemanden, behauptete Kristyna-Oma und gab sich den Anschein, als meinte sie es ernst, niemanden, der nicht wisse, wie das All entstanden sei, was sich dahinter verberge und so weiter und so fort. Das wisse doch nun wirklich jeder, meinte sie. Sie jedenfalls kenne niemanden, der es nicht wisse.

Hatte ich mich getäuscht? War Großmutter doch senil? Ein wenig wollte ich noch mitspielen.

»Wer zum Beispiel«, fragte ich, »wer weiß es aller? Wer beispielsweise von den Menschen, die du kennst?«

»Na der Heinzi zum Beispiel, das ist der Forstgehilfe, der Werner, das ist der Förster, dann natürlich der Graf, sowohl der alte als auch der junge, der Pfarrer weiß es, der Wirt, die Mitzi von der Post, alle eben. Vielleicht«, meinte sie trocken, »hättest du nicht zum Studieren in die Stadt fahren sollen, sondern wärst besser einfach daheim geblieben bei uns im Wald.«

Was sollte man da noch sagen? Ich blies Luft aus, ließ den Blick schweifen, zur Lärchenallee, der dahinterliegenden Wiese, bis mich etwas im Augenwinkel irritierte. Ich richtete den Blick darauf und sah: Aus dem Blumengarten stieg Rauch auf.

»Kristyna-Oma? Machst du das immer so mit deinen Zigarettenstummeln?«

»Ist es nach der Gott-und-die-Welt-Frage deine zweitwichtigste?«

»Ja, kommt unmittelbar dahinter.«

»Na dann, deine zweitwichtigste Frage ist auch einfach zu beantworten: Ja, ich schmeiß sie immer ins Gemüse. Haben ja keinen Filter. Und der Rest Tabak verbrennt samt Zigarettenpapier bis zum letzten Fuzerl, bleibt nur Asche über. Eins a Blumendünger.«

Sie sah mich an und hob eine Augenbraue. Da war sie wieder, ihre schelmische Seite.

»Also, Kristyna-Oma, dann verrate mir doch bitte eines: Wie haben die Mitzi von der Post und der Förster und Heinzi, sein Gehilfe, und der Graf und all die anderen, wie und wo haben sie die großen Rätsel der Menschheit gelüftet?«

Großmutter malte mit der Hand einen Rahmen in die Luft, der die Veranda beschrieb. »Na ganz einfach, hier haben sie es erfahren.«

»Okay, und wie lange haben sie gebraucht, bis sie es verstanden haben, das mit Gott und der Welt und den letzten Dingen? Wird ja nicht so ganz einfach sein.«

»Halb so wild.«

»Also, wie lange haben sie dafür gebraucht, hier bei dir auf der Veranda, dieser Freiluftuniversität für das Große und Ganze? Wie viele Semester sind nötig, Frau Professor Oma Kristyna?

»Eine halbe Stunde ungefähr.«

...

»Weißt du was, Oma, eine halbe Stunde kann ich auch erübrigen. Dann sei doch so gut«, nun ging es etwas durch mit mir, »sei so gut und erklär mir das mit dem Universum und dem großen Sinn dahinter rasch einmal, erklär mir, was seit Menschengedenken weder Religionen noch Wissenschaften hinreichend erklären konnten, erklär es mir in einer halben Stunde.«

»Nicht nötig«, sagte sie, »du kannst es dir selbst erklären. Da, rauch das.«

Großmutter legte mir eine kunstvoll geschnitzte Schatulle in den Schoß. War sie die ganze Zeit über auf dem Beistelltischchen gestanden, zwischen all den anderen Dingen?

Ich griff nach dem Kästchen, wog es in der Hand. Strich übers polierte, warme Holz und klappte den mit Arabesken verzierten Deckel auf. Das Innere glänzte zederndunkel, reflektierte Lichtflecken und kurz schien mir, als wäre auch ich zu sehen gewesen darin. Gleich danach schuf die Maserung eine Tiefe, die glauben machte, dass in ihr ein Verschwinden möglich sei, ein langsames, sorgloses Versinken.

Auf dem Boden des Kästchens lag eine selbstgedrehte, zigarrenähnliche Zigarette. Riesig, bucklig, dick.

- 9 -

»Oma! Spinnst du?! Ich werde das ganz sicher nicht rauchen! Was ist das überhaupt?! Ist das Dope? Bist du eine Dealerin? Hast du daher das viele Geld?«

Die Selbstgedrehte glich einem zerknautschten Zeppelin. Anstatt eines Filters hatte Großmutter einen Streifen zusammengerollten Karton als Mundstück eingebaut. Am anderen Ende war das hellbraune Zigarettenpapier zu einem Deckel gezwirbelt. Es sah aus, als trüge die Selbstgerollte eine Schlafmütze.

»Du musst sie nicht rauchen, im Grunde reicht es, wenn du dich in den Rauch hineinversetzt, in seine öffnende Wirkung.«

Ich verstand nicht.

»Ist aber einfacher, den Ofen ganz gewöhnlich zu rauchen. Besonders beim ersten Mal. Danach kannst du im Kopf einfach denselben Weg wieder nehmen.«

Ich hatte keinen Schimmer, wovon sie sprach.

Mit spitzen Fingern nahm ich das Ungetüm aus dem Kästchen – sachte, als bestünde Gefahr, dass es mir in den Händen explodierte. »Was um Himmels willen hast du da reingestopft, Kristyna-Oma? Was ist das für ein Ding?«

»Das ist die Godfather fünftausend.«

»Die was?!«

»Die Godfather fünftausend. Kannst du kein Englisch?«

»Oma! Warum Godfather?!«

»Na warum wohl. Weil du mit zwei-, dreimal Durchatmen weißt, wo Gott wohnt, weil sie dein Hirn durchputzt und dir Dinge klar werden, die für dich bisher im Dunklen lagen, weil die Godfather deine Trägerrakete ins All ist, weil sich all deine Fragen in Rauch auflösen, du auf Wolke sieben spazierst, mit den Engelchen trällerst und wissen die Göttinnen was sonst noch alles erlebst.«

»Na großartig. Und warum fünftausend?«

»Weil sie fünftausend Euro kostet.«

Ich starrte sie an.

»Nein, nein, keine Sorge. Du kriegst sie natürlich gratis. Bist ja meine Enkeltochter.«

Gewiss stand mir der Mund offen, vertrotteltes Gesicht. Großmutter taxierte mich. Und begann zu lachen, lachte, bis ihr Tränen in den Augen standen.

»Das ist jetzt alles ein Scherz gewesen, Oma, ja?«

»Ganz wie du willst«, sagte sie.

Es konnte nur ein Scherz gewesen sein. Selbstverständlich war das alles nur ein Scherz gewesen, klar, was sonst.

»Na schön«, sagte ich, »fünftausend Euro. Wer bezahlt so viel für einen Trip?«

Es sei kein Trip, antwortete sie, und die Godfather fünftausend kein bloßes Halluzinogen. Trip, Halluzinogen. Kristyna-Oma sprach die Wörter mit einer Gelassenheit aus, als benutzte sie sie nicht zum ersten Mal. Überhaupt gewann ich mehr und mehr den Eindruck, dass diese Frau, die meine Großmutter war, so gar nichts von dem hatte, was man sich gemeinhin von einer Großmutter erwartete. War sie lieb, herzig und altersbedingt etwas zittrig? Nein. Sentimental oder zärtelnd? Beileibe nein! Wirkte sie schusselig oder überbrückte sie den Tag mit Kreuzworträtseln, Talkshows und süßlichen Fernsehserien? Garantiert nein.

Aber warum verunsicherte es mich, dass mir keine tattrige Oma gegenübersaß, sondern eine souveräne Frau? Vielleicht weil sich bei mir nicht jenes Gefühl einstellte, das ich insgeheim erhofft hatte? Mädchen, erwachsen geworden, sieht lange vermisste Großmutter wieder, die beiden schließen einander, anfangs zögernd, doch dann umso herzlicher, in die Arme – so etwas in der Richtung hatte ich mir wohl erträumt. Stattdessen bot mir Großmutter, nun ja, auch eine Möglichkeit, Zuneigung zu zeigen, ihre Godfather fünftausend zu Enkelin-Sonderkonditionen an.

Auf eine sonderbare Weise fühlte ich mich ihr vertraut. Doch eben nicht wie einer Großmutter. Kristyna, Oma, ich wollte trotz allem gerne Oma zu ihr sagen, war mir wie eine abgeklärte Freundin. Eine abgeklärte, reichlich rätselhafte Freundin. Ich wurde das Gefühl nicht los, dass hinter einem Wort von ihr oft ein weiteres, verborgenes steckte und dass sie mit manchen Gesten auf ein Geheimnis deutete und darauf setzte, dass ich ihre Zeichen zu deuten wisse.

Musste ich sie lesen wie ein Gleichnis? Oft schien es mir so. Ich erinnerte mich an jene Art von Träumen, in denen das Ziel vor Augen liegt und sogar die rettende Hand sich streckt, doch jeder Schritt unsäglich schwerfällt und die Beine wie aus Blei sind, obgleich doch niemand da ist, der sie niederhält, niemand ist Teil des Traumes, nur man selbst.

Zuweilen blickte Großmutter mich sekundenlang einfach nur an, gefühlt ganz nahe, und doch wie von weit weg, mit einem Ausdruck von Mitgefühl und Bangen. Als wäre sie mir ein Wegweiser, und eine offenere Hilfestellung stünde ihr nicht zu.

Als Kinder hatten wir sie nur ein einziges Mal zu Gesicht bekommen. Am besten erinnere ich mich daran, welche Energie von ihr ausging. Und dass sie wie eine elegante Dame einen Pelz getragen hatte und eine opal funkelnde Perlenkette. Ums Handgelenk jedoch trug sie ein Lederband, an dem, jetzt sehe ich es wieder vor mir, bunte Papageienfedern hingen, die flogen wild durcheinander, als sie klatschte, ja, sie hatte uns Mädchen aufgefordert zu tanzen, so ungestüm, wie wir nur konnten.

Und nun? Nun saß ich ihr gegenüber. Einer älteren, vor Lebenskraft strotzenden, unverschämt braun gebrannten Frau in Jeans und schwarzem Männerhemd. Anderseits wippte sie in diesem mustergültig großmütterlichen Schaukelstuhl, auf der Veranda dieses wie aus der Zeit gefallenen gräflichen Forsthauses, umgeben von einem geradezu biederen Blumengarten nach Altbäuerinnen-Art. War all das auch sie? Ein Teil von ihr? Oder nur Fassade, nur Ablenkung?

Ich nagelte sie mit meinem Blick fest, auf dass mir nichts entgehe. Und bekam ein sparsames Lächeln zur Antwort.

Ihre weichen Bewegungen, ihre Ironie. Großmutters Augen blitzten mich an.

Als ich das nächste Mal hinsah, bildete ich mir ein, sie trage Nerz, Perlenkette und ums Handgelenk ein Lederband mit Papageienfedern wie einst. Natürlich war das Unsinn. Sie hatte den Schaukelstuhl angehalten, ließ Rauch aus ihrem Mund wabern.

»Hab ich was verpasst, Oma? Ich glaube, ich war kurz woanders.«

»Du wolltest wissen«, antwortete sie, »wer so durchgeknallt ist, die Godfather zu rauchen. Fünftausend, nur für einen Trip, und ich hab dir gesagt, dass es eben nicht nur ein Trip ist.«

Ich bemerkte, dass das Holzkästchen immer noch offen auf meinem Schoß lag. »Und was soll es sonst sein, wenn kein Trip?«

Der Unterschied, sagte Großmutter, als befände sie sich in einem hoffnungsfrohen Verkaufsgespräch mit einer potenziellen neuen Kundin, der entscheidende Unterschied zu herkömmlichen Halluzinogenen sei, dass die Godfather fünftausend das Bewusstsein nicht verändere, ihm nichts hinzufüge und auch nichts suggeriere. Keineswegs nehme man mit der Godfather etwas wahr, was es nicht gebe. Stattdessen versetze sie einen in die Lage, jene Fülle und Gesamtheit des Lebens zu erfahren, die einem bisher verborgen geblieben sei. »Die Godfather«, sagte Kristyna, »hebt deine Schutzschilde auf, deine Verteidigungslinien, die dir den Alltag ermöglichen, indem sie dich von der Wirklichkeit wegsperren.«

Jetzt wurde es mir zu bunt. »Oma! So ist es doch immer mit solchen Drogen. Die Dinger hauen dir die Sicherungen raus, du bekommst alles ungefiltert rein, Sinneseindrücke, Informationen, Unbewusstes und am Ende schnappst du daran über, hältst dich für Jesus, Elvis, Mutter Teresa oder springst von einer Brücke, weil du glaubst, fliegen zu können.«

Die Godfather, beharrte Großmutter mit einer pädagogischen Geduld, die mich reizte, wirke anders. Autismus, sagte sie; Menschen mit dieser Krankheit litten an teils schweren Entwicklungsstörungen und scheiterten oft am Leben. Allerdings besäßen viele spektakuläre Begabungen. Die einen könnten einmal gehörte Opern aus dem Gedächtnis nachspielen, die anderen mathematische Ergebnisse bis zur hundertsten Nachkommastelle errechnen, wieder andere nach dem einmaligen Überfliegen eine Großstadt detailgetreu und perspektivisch perfekt zeichnen. Besonders beeindruckend sei, dass es manchen gelinge, Zusammenhänge bis ins letzte Detail zu erkennen und empathisch die optimale Lösung nicht nur zu finden, sondern unmittelbar umzusetzen. Das zeige, zu welch übermenschlichen Leistungen der Mensch fähig sei. »Und jetzt«, sagte Kristyna, »stell dir vor, derlei Wahrnehmungsmöglichkeiten und Fähigkeiten vereint in einer Person.«

»Das wäre Gott«, antwortete ich spontan. »Oder«, fiel mir ein, »ein einfühlsamer Hochleistungsrechner.«

»Oder«, sagte sie, »jemand, der sich die Godfather fünftausend reingezogen hat.«

Anders als andere Drogen bestehe die Godfather ausschließlich aus natürlichen Zutaten. »Bio-Anbau!«, feixte Kristyna-Oma. Und damit die Sicherungen eben nicht durchbrannten, im Hirn kein Kurzschluss entstehe und sich auch niemand in den Tod stürze, seien der Godfather Ingredienzien beigemengt, die das verhinderten. In der Testphase habe sie es damit womöglich etwas übertrieben, räumte Großmutter ein, damals, in den Pioniertagen, sei es mitunter zu einer vorübergehenden Erschlaffung der Muskulatur gekommen, einer starken Reduktion des Herzschlags. Wer damals die Godfather fünftausend rauchte, sinnierte Kristyna-Oma, als schwelgte sie in romantischen Erinnerungen, habe sich wie ein gelähmter Gott erlebt. Allwissend, allfühlend, doch handlungsunfähig.

Tja, so wäre das ganze Theater erklärbar, schoss es mir ein: Gott lässt all den Wahnsinn auf Erden zu, weil er stoned ist. Er schuf den Himmel und er schuf die Erde und am siebenten Tage rauchte er sich so gewaltig ein, dass er bis heute, ja bis zum jüngsten Tag, völlig gaga ist.

»Wenn du mit etwas Kleinerem anfangen willst«, sagte Kristyna-Oma, »das hier ist die Sputnik.«

»Die Sputnik.«

»Ja, die Sputnik. Kennst du Sputnik nicht? War der erste Satellit im Weltall. Die Russen haben ihn raufgeschossen.« Sie bot mir eine schlichte, rechteckige Blechdose an. Darin lag eine Selbstgedrehte, etwas größer zwar als eine gewöhnliche Zigarette, aber im Vergleich zur Godfather geradezu putzig.

- 10 -

»Sputnik«, wiederholte ich wie erschlagen. Was hatte ich nur für eine Großmutter? Sie führte offenbar einen ganzen Bauchladen an Rauschmitteln im Angebot – und präsentierte sie mit einer Selbstverständlichkeit, als wären es Zimtschnecken.

»Die Sputnik hilft, die Außenwelt realer zu erkennen«, begann Kristyna-Oma, als höbe sie zu einer wissenschaftlichen Expertise an. Mit der Sputnik katapultiere man sich von der ersten Stufe der Wahrnehmung, auf der die Menschen für gewöhnlich dahinlebten, direttissima auf die dritte. »Von sieben«, fügte Großmutter lapidar hinzu. Aber die siebente Stufe, sie ruckelte provokant an der Godfather-Schatulle, sei mir ja »zu steil«. Steil. Was führte Kristyna-Oma nur für einen Spruch?! Und wie sie mir gegenübersaß! Aufrecht, mit launigem Blick und tiefenentspannt zum Neidischwerden. In ihren Jeans und dem schwarzen Hemd, dessen Ärmel sie salopp aufgeschlagen hatte, erinnerte sie mich an eine meiner Uni-Professorinnen, die von uns Studentinnen für ihre Lässigkeit und fachliche Kompetenz bewundert wurde und von den männlichen Studenten für ihren Hang, auf Konventionen gänzlich zu pfeifen.

Natürlich wisse ich, fuhr Kristyna fort, dass die menschlichen Sinne nur einen Bruchteil der Wirklichkeit wahrzunehmen imstande seien. Obwohl ich ihr zu verstehen gab, dass ich das selbstverständlich wisse, ergänzte sie: »Stell dir vor, du schaust von der Ferne auf ein großes Wandbild. Und jetzt stell dir vor, du siehst von diesem Bild nur jeden zehnten Quadratzentimeter, also nur vereinzelte kleine Flecken. Hast du es, siehst du es vor dir? ... Gut«, sagte sie, das sei aber noch nicht der springende Punkt, der springende Punkt nämlich sei: »Während des Betrachtens dieser kleinen Flecken würdest du schwören, die Gesamtheit des Bildes zu sehen.« So sei es immer, in jedem Moment; unser Gehirn entwerfe unsere kleine Reality-Show. Weil es die Wirklichkeit nicht finden könne, erfinde es sie. So, sagte Kristyna, lebten wir. Sehend blind, hörend taub, wahrnehmend falschnehmend. Die Sputnik ändere das, zum Teil immerhin.

»Du hast wirklich Verkaufstalent«, sagte ich, »ich bin knapp dran, die Sputnik zu nehmen.«

Sie überging meine Bemerkung, meinte: »Mit der Sputnik wirst du zum Hund, vielleicht sogar zur Katze.«

»Ich mag keine Hunde«, antwortete ich. Und fand mich gleich danach kleinkariert, weil ich den Spaß verdarb.

»Aber Katzen mag ich«, sagte ich eilig. »Katzen mag ich echt. Ich werde, wenn ich die Sputnik rauche, also zu einer Katze, einer richtigen Katze, Oma?«

Sie lachte.

Und ich lachte.

Wir lachten gemeinsam, meine verloren geglaubte Großmutter und ich.

»Vielleicht kannst du wie ein Kätzchen hören«, sagte sie, »zumindest aber hörst du dank der Sputnik wie ein Hund.«

»Katzen hören besser als Hunde?« Die Plauderei mit Großmutter entwickelte sich ja richtiggehend zum Bildungsprojekt!

Unsere Ohren registrierten Frequenzen zwischen zwanzig und zwanzigtausend Schwingungen pro Sekunde, lernte ich, Hunde hingegen hörten Töne bis zu vierzigtausend und Katzen bis zu sechzigtausend Hertz. Auf der anderen Seite der Skala verständigten sich beispielsweise Elefanten. Weil sich ihre Kommunikation, abgesehen vom Trompeten, unterhalb von sechzehn Hertz abspiele, bekämen wir sie überhaupt nicht mit. Bestenfalls spürten wir sie als Vibrieren der Luft.

»Und wie ist es mit dem Sehen? Du hast doch gesagt, dass wir nur einen Bruchteil der Welt wahrnehmen.« Ich erkundigte mich nicht aus Höflichkeit, ich war ehrlich neugierig geworden.

Unsere Augen, frischte Kristyna-Oma meinen Wissensstand auf, könnten nur acht Prozent des Lichtspektrums verarbeiten. Törichterweise neigten wir dazu, die restlichen zweiundneunzig Prozent als irrelevant abzutun. Eine Biene, erfuhr ich, sehe ultraviolettes Licht, eine Schlange Infrarot und ein Krebs rund zehnmal so viele Farben wie wir. Insofern komme dessen optische Wahrnehmung dem Wesen der Dinge näher als unsere. Zudem sei der Mensch simpel zu täuschen, weil ihm schon neunzehn Bilder pro Sekunde zu einem Bewegungsablauf verschmelzen würden, Stubenfliegen hingegen könnten zweihundertvierzig Bilder in der Sekunde übersichtlich auseinanderhalten.

»Und was ist mit dem Riechen?«, fragte ich, hatte insgeheim bereits beschlossen, mir die Sputnik unbedingt geben zu wollen. »Rieche ich auch besser mit der Sputnik, Kristyna?«

»Nein«, sagte sie knapp. »Wir Menschen haben fünf Millionen Riechzellen, mehr verschafft uns selbst die Sputnik nicht.« Und auch die Durchlässigkeit der Nervenverbindungen sei in diesem

Fall limitiert. Wenn mir das Riechen wichtig sei, müsse ich im nächsten Leben ein Reh, eine Ratte oder ein Trüffelschwein werden.

Allerdings berge die Sputnik eine andere Überraschung. Manche, die ihren herbsüßen Rauch inhalierten, ergehe es für kurze Zeit wie den Zitteraalen.

»Den Zitteraalen?!«

»Ja, sie spüren das elektrische Feld, das alle Lebewesen umgibt.«

»Gekauft!«, rief ich. »Her mit dem Ding!«

- 11 -

»Langsam, Malina, bevor du die Sputnik rauchst, solltest du noch mein letztes Schätzchen kennenlernen.«

»Oma!«

»Was?«

»Jetzt hast du mich endlich so weit und machst einen Rückzieher?!«

»Keinen Rückzieher.« Als müsste ich ernstlich besänftigt werden, legte sie ihre Hand auf meine. Seit meiner Ankunft war es unsere erste Berührung.

Ihre Hand war … leicht. Ja, leicht. Und angenehm warm, doch auch kühl. Es fühlte sich an, als ob ein Vögelchen auf meinem Handrücken halb gelandet und halb noch im Flug wäre und mit seinen Federn und seinem Bauchflaum meine Haut berührte.

»Ich will dir zuvor noch Able vorstellen«, sagte Großmutter und griff zu einem schlichten Kästchen aus Sperrholz. Darin lag eine dem Aussehen nach gewöhnliche Selbstgedrehte. »Able«, wiederholte sie. Den Namen müsse ich amerikanisch aussprechen. »*Aeeebl.*«

Die Story hinter Able war folgende: 1959 schossen die Amerikaner erstmals Astronauten ins All. Damit sei dokumentiert, befand Kristyna-Oma, dass mit der Erkundung des Weltalls nicht nur das Weltall erkundet werden sollte, sondern auch die damit verbundene Geschichte des Menschen. Im All wollte der Mensch sich näher kennenlernen, seine Eigenart erfahren. Bezeichnenderweise bediente er sich dafür zweier Affen. Zwei Rhesusaffen schossen die Amerikaner ins All. Einer der beiden hieß Able. Anders als zuvor die russische Hündin Laika kehrten die beiden Astronauten-Äffchen auch wieder lebend zur Erde zurück. Das sei der Grund, erläuterte mir Kristyna mit aller Ernsthaftigkeit, warum sie nach der Godfather fünftausend und der Sputnik ihre dritte Selbstgedrehte Able getauft habe und nicht Laika. Schließlich wolle sie ihre Kunden nicht verunsichern, denn die Able sei wie die Raumfahrt zwar ein Experiment, gewiss aber kein lebensgefährliches. Wer sie rauche, sehe nicht wie bei der Sputnik die Außenwelt mit wacheren Augen, sondern die verborgenen Facetten der eigenen Persönlichkeit.

»Zu Beginn«, sagte Kristyna-Oma, »wollte ich die Dinger nennen, wie die großen Zigarrenfabrikanten es tun. Du weißt schon: Cohiba Siglo No 1,

Cohiba Maduro No 5, so etwas in der Art. Ich hätte meine Mischungen Kristyna No 1, Kristyna Robusto No 2 und Kristyna Superior No 3 nennen können. Aber ich wollte nicht abkupfern.«

»Oma, dir ist aber schon bewusst, dass die Namen nicht das Entscheidende sind.«

Sie tat, als wüsste sie nicht, worauf ich hinauswollte.

»Kristyna, du vergisst, dass deine Godfather, deine Sputnik und deine … *Aeeebl* höchstwahrscheinlich illegal sind.«

»Und du«, gab sie zurück »weißt nicht, was du willst. Gerade hast du noch um die Sputnik gebettelt.«

Hatte ich das? Als ich darüber nachdachte und zugleich Kristyna dabei beobachtete, wie sie sachte in ihrem Schaukelstuhl vor und zurück, vor und zurück, vor und zurück wippte, wurde mir, obwohl ich anstrengungslos und völlig ruhig im Sessel saß, für einen Moment schwindlig. Ich musste dringend etwas essen, etwas trinken. Seit ich vormittags aus der Stadt weggefahren war, hatte ich nichts mehr zu mir genommen. Zumindest einen Schluck Wasser brauchte ich.

»Oma, hast du ein Glas Wasser für mich?«

Sie hob den Arm von der Lehne des Schaukelstuhls, deutete auf den alten, petrolgrün lackierten Pumpbrunnen am Rand des Blumengartens. Ich stand auf und schwankte auf ihn zu.

»Ein Blechhäferl«, sagte sie in meinen Rücken, das hörte ich noch, »steht auf dem Steintrog.« Im Fallen dann schon, im Niederstürzen, ein letzter Gedanke, der kam nicht mehr von mir, sondern von weit her, aus meiner Kindheit. Vater und Mutter riefen mir zu. *Du musst mehr trinken, Malina, das weißt du doch!*

Die Bewusstlosigkeit in Großmutters Garten dauerte nicht lange. Sie reichte für nur einen Traum: Ein kleines Mädchen springt vergnügt durch den Wald. Und es singt ganz harmlos und unbefangen ein … ja, es ist trotz allem ein Kinderlied.

Ich geh' mir selbst
verlo-o-ren.
Und nur von weit her
gibt's mich noch.

Ich erwachte neben Lobelien. Roch Sellerie. Sah zwar nicht die Radieschen von unten wachsen, aber deren Kraut.

»Kindchen!«, rief Großmutter und tätschelte mir

die Wange. »Torkelst mir da zu Boden wie eine Wespe im November.«

- 12 -

»Du hast lange geschlafen.«

»Wie lange, Oma?«

»Sehr lange, Malina.«

»Mir ist ganz anders. Warum ist es so finster, Oma?«

»Du bist frühnachmittags eingeschlafen, ich hab dich ins Bett gebracht, nachdem du im Garten niedergesunken bist, erinnerst du dich? Es ist noch Nacht, aber bald kommt der Morgen, bald der erste Sonnenstrahl. Es ist noch finster draußen und kühl, aber es wird ein schöner, ein heller, warmer Tag werden, du wirst schon sehen. Und du wirst dich gut fühlen und ausgeschlafen und stark. So wird es sein für dich.«

In dieser Art redete Großmutter zu mir, doch ohne in meine Richtung zu sehen. Sie saß an einem niedrigen Tisch, ich konnte sie vom Bett aus erkennen, die Flamme einer beinahe abgebrannten Kerze erhellte ihr Gesicht. Sie hatte den Ellenbogen auf die Tischplatte gestützt und unter ihrer gebeugten Hand schaukelte ein Pendel an einem Kettchen. Das Pendel kreiste gegen den Uhrzeigersinn. Ich besah es beiläufig, erinnerte mich eines Traumes, eben erst war ich ihm begegnet. Träume nämlich, in diesem Moment wusste ich es, werden nicht geträumt; sie *sind*, so, wie auch wir *sind*, und zuweilen begegnen wir einander. Es verändert uns, manchmal ein wenig, manchmal sehr, und wir nennen diese Träume fortan die *unseren*. Und das war mein Traum: Ein nackter, ausgezehrter Landstreicher, ich betrachte ihn. Er hockt am Wegrand. Es ist, ich erkenne es genau, jene Stelle beim Bahnübergang, an der ich die Abzweigung zu Großmutter in den Wald genommen hatte. Der Landstreicher hockt auf seinem nickelgrauen Bart. Er singt und scheint das schon sehr lange zu tun. Seine Stimme ist brüchig. Vor ihm, jetzt erst sehe ich es, steht ein Mädchen. Es betrachtet den Landstreicher, lauscht seinem Gesang. Krächzend leiert der Alte: »Morgen wird die Vergangenheit eine andre sein. Drum nimm dir, was das Deine ist, und lass vorüberziehen, das all-all-all … das all-all-andere!«

»Wohin führt dieser Weg?«, fragt das Mädchen.

Doch der Landstreicher scheint nicht zu hören, macht den Eindruck, als nähme er das Mädchen gar nicht wahr.

»Wohin, ja wohin führt dieser Weg?«, wiederholt er schließlich doch. »Nun, kommt ganz drauf an, in welche Richtung du gehst.«

»Aber wenn ich nicht weiß, wohin die Wege führen, wie soll ich mich für einen entscheiden?«, fragt das Mädchen.

Da lacht der Landstreicher, als wäre er über sich selbst verblüfft. »Kommt nicht drauf an, welche Wege du gehst. Kommt nur drauf an, wie. Ja, wie du die Wege gehst, die dir unterkommen, darauf kommt's an.« Er streicht über seinen elendslangen Bart, murmelt gedankenversunken: »Nicht jeder Weg steht dir offen, aber doch jeder Schritt. Mach ihn, nur zu, nur zu. Schreite voran und bleib nicht stehen zu lang, sonst versinkst du in dir auf Nimmerwiedersehen.« Matt wiegt der Landstreicher den Kopf, verfällt erneut in seinen Singsang: »Nicht dieser, nicht jener, kein Weg wird der deine sein, drum zög're nicht, mach den Schritt, er wird, ja wird … der beste deiner Wege sein.«

Großmutters Pendel schien im Begriff, die Bahn zu verändern, aus dem Kreis wurde, mit jeder Drehung mehr, ein Oval, aus dem Oval eine Strecke, ein Hin und Her zwischen ihr und mir. Ich hob den Kopf vom Polster und da wurde mir schwindelig wie tags zuvor, knapp bevor ich niedergestürzt war. Rasch legte ich den Kopf zurück, brachte mich in die alte Position, das half, und ich beruhigte mich. »Kristyna-Oma, mir war gerade schrecklich schwindelig.«

»Kein Wunder, Malina, du liegst im Bett und die Erde dreht sich mit dir um ihre Achse, in jeder Sekunde hundertachtzig Meter weit, und du und die Erde, ihr saust um die Sonne, in jeder Sekunde dreißig Kilometer weit, und die Sonne mitsamt der Erde und den anderen Planeten rast ums Zentrum der Milchstraße, und die Milchstraße um eine Masse von Galaxien, und die um eine noch größere, und jene um eine abermals größere und so geht es fort und fort und fort, freilich ist dir schwindelig.« Das hörte ich Großmutter sagen, doch so sicher ich war, diese Worte zu hören, so gewiss war ich auch, dass sich ihre Lippen kein bisschen gerührt hatten. Und dann sagte Großmutter: »Ohne Bewegung wäre nichts. Und wer alles bewegt, sind wir.«

Obwohl ich den Kopf stillhielt, ganz still, begann der Taumel erneut. Ich riss die Augen auf, als könnte mir das helfen, und beschloss – ich hatte Angst davor –, mich mit einem Ruck aufzusetzen.

Großmutter sah zu mir. Von der erlöschenden Kerze stieg ein Faden Rauch auf. Das Pendel war zum Stillstand gekommen. Und, Gott sei Dank, mit ihm auch mein Kopf.

»Guten Morgen, Malina«, sagte Kristyna-Oma, da schoss der erste Sonnenstrahl ins Zimmer. Die Erde also bewegte sich noch.

»Oma? Träume ich oder riecht es wirklich nach Kaffee?«

Sie lächelte breit. »Und wie es nach Kaffee riecht! Herrlich, nicht wahr? Jakob hat ihn gemacht, das kann er. Außerdem warten Spiegeleier, gebratener Speck und Butterbrote auf dich. Das wird deine Lebensgeister in Schwung bringen. Zieh dich an und komm auf die Veranda.«

»Jakob? Wer ist Jakob?«

»Ein Freund von mir«, sagte sie, schon im Hinausgehen. »Er ist nachts gekommen. Du wirst ihn mögen.«

- 13 -

Zuerst war da nichts als ein flachsblondes Durcheinander. Schippelweise Haare. Berge, Steilhänge, Klippen, Zinnen. Darunter … Schultern. Ein hochgekrempeltes Arbeitshemd. Abgewinkelte Arme, große Hände, gelegt über die Ränder eines offenen Buches. Eines offenen Buches!

Sobald er mich auf die Veranda treten hörte, hob er das Gesicht. Er bemühte sich um ein freundliches, offenes Lächeln, aber ich bemerkte sofort die Scheu, die er damit zu verbergen suchte. Es war keine große Leistung, ich kannte diesen Blick von mir selbst.

Er hatte helle Augen, schlangengrün. Und die drei, vier … dreieinhalb, die dreieinhalb senkrechten Falten zwischen den Augenbrauen standen gewiss öfter dort an seiner Stirn. Lese-Zeichen. Krause Stirn über krausen Gedanken.

Dreieinhalb … ja, noch immer dreieinhalb Falten zwischen seinen Augenbrauen. Strichcode des Zweiflers.

Jetzt lächelte er ein wenig mehr. Das war seine Einladung. Er hatte beschlossen, wohlwollend zu sein mit mir. Es war einfach, ihn zu durchschauen. So wie er mich taxierte und sich einlassen mochte auf mich, probeweise freilich nur, womöglich also gleich nicht mehr (bei einer groben Geste meinerseits, einem falschen Wort, einer versehentlichen Stumpfheit), so lasse ich mich auf Romane ein. Zuallererst versuche ich, mich nicht vom Cover des Buches beeinflussen zu lassen, ob es nun hässlich ist oder gelungen. Er würde versuchen, es mit meinem ersten Eindruck auf ihn ebenso zu halten, meinem Gesicht, meinem Körper.

Dann lese ich den Umschlagtext – und er gewiss meinen Gesichtsausdruck, die Art, wie ich mich bewege.

Danach überfliege ich die Zeilen des Klappentextes. In seinem Fall hat Kristyna ihm gewiss das eine oder andere Wort über mich gesagt.

Als Nächstes prüfe ich, das ist vorentscheidend, sehr aufmerksam den ersten Satz. Und er würde nun auf meinen warten. Wenn ihm dieser erste Satz gefiele, dieser erste Satz ihn packte oder einnähme, wäre er aufgeschlossen für meine erste Seite.

Fände er auch daran Gefallen, hätte ich schon halb gewonnen. Er würde Lust bekommen auf weitere und weitere Seiten. Vielleicht könnte er gar nicht anders, würde mich lesen wollen bis zum Ende.

Bei neuen Begegnungen bin ich oft richtig schlecht mit meinen ersten Sätzen. Meist bin ich zu bemüht und trage deshalb zu dick auf. Diesmal aber war es einfach. Mein erster Satz war im Grunde unübertreffbar.

»Wie«, fragte ich, »lautet der erste Satz?«

Er zögerte, sah auf das offen vor ihm liegende Buch. Strich mit der flachen Hand darüber. Sagte nichts.

War er verlegen? Konnte meine Frage aus irgendeinem Grund unpassend gewesen sein? War der erste Satz, eines dummen Zufalls wegen, unsagbar für ihn hier und jetzt?

Er blickte mich an. Zu seinem Lächeln war ein leises, nachdenkliches Blinzeln gekommen.

Das also war er. Jakob. Jakob, der nachts gekommen war. Jakob, der den Kaffee gemacht hatte.

Er war eindeutig älter als ich, wirkte aber deutlich jünger als Christian. Und er war beträchtlich jünger als Großmutter. Ein Freund von ihr also.

»Zu intim, die Frage nach dem ersten Satz?« Ich lächelte offen. Das war ja richtig frech, das kannte ich gar nicht von mir.

Sekunden vergingen. Jakob sagte … nichts.

Dann drehte er das offene Buch zu mir. Lies selbst, hieß das wohl.

»Es ist noch zu früh für den ersten Satz.«

Großmutter trat zu uns an den Tisch, ein Tablett in Händen, das Frühstück darauf: Spiegeleier in der Pfanne, dünn geschnittener, knusprig angebratener Speck, ein Kanten Butter, riesige Brotscheiben in einem Korb. Sie stellte alles zwischen uns auf den Tisch.

»Jakob, du hast Malina noch gar keinen Kaffee eingeschenkt!«

Derart laut? Derart impulsiv? So hatte sie noch nie gesprochen. Zerberus Kristyna. Wen oder was bewachte sie? Jakob vor mir? Mich vor Jakob? Uns voreinander?

»Ich habe in meinem Leben nicht halb so viele Romane gelesen wie ihr«, sagte sie und verband uns mit ihrem Blick, »aber eines weiß ich: Der erste Satz kann immer auch der letzte sein. Ihr müsst achtsam sein.«

Ich beugte mich – Geste eines Angebots, einer womöglich in diesem Augenblick beginnenden Komplizenschaft – zu Jakob. »Hast du das gerade verstanden?«

Er hob und senkte die Schultern. Sein Blick

konnte ja und nein zugleich bedeuten. Er lächelte mich an. Und dann lächelte er, sehr breit und so glücklich und gelassen wie man nur lächeln kann, Kristyna-Oma an.

- 14 -

Grob gehackter, gartenfrischer Schnittlauch auf perfekten Spiegeleiern. Hauchdünn gebrutzelter Speck. Brot, das nach Kindheit duftete. Ich presste es mir ungeniert an die Nase, versank in seiner weichen Kühle, sog die Kraft des Korns ein.

Brot.

Ich strich großzügig Butter darauf, wild und wellig, biss herzhaft ab und als das Butterbrot derart … verbissen vor mir lag, musste ich über den Abdruck meiner Zähne lachen. Großmutter machte es mir sofort nach, legte ihren Butterbrotabbeißabdruck neben meinen. Jakob schürzte die Lippen – und nahm unsere Herausforderung an: Er bestrich sein Brot dick wie niemand zuvor, nahm einen eigens großen Bissen und platzierte seine Scheibe nahe, ganz nahe an meine. Unsere Brote … küssten sich.

Ich schaute verblüfft auf und erkannte: Jakob denkt dasselbe. Dann sahen wir rasch weg, verlegen wie zwei Schulkinder. Wobei, Schulkinder hätten gelacht und gerufen: Schau, wie lustig! Die zwei Brote schmusen! Wir aber hatten verräterisch innegehalten, einander angesehen ... und die Augen niedergeschlagen.

Dabei hätte ich es gerne noch weitergetrieben, gerne hätte ich meine Schnitte angebissenes Brot genommen und so auf Jakobs Buttermundbrot gelegt, dass die beiden übereinander zu liegen gekommen wären, Butterseite an Butterseite.

Ich machte es freilich nicht. Aber: Ich beließ mein Brot küssend; liegend bei seinem. Und nahm, um irgendetwas zu tun, einen Schluck Kaffee. Er tat dasselbe. Dann wagten wir es, einander wieder anzusehen. Großmutter aß ihr Butterbrot und ihre Spiegeleier und schien nichts zu bemerken oder tat, als bemerkte sie nichts, schwer zu sagen. Geredet wurde während des Frühstücks nicht viel, aber die Stimmung war gut, fand ich. Bis Großmutter Jakob fragte: »Weiß sie es schon?«

Jakob schüttelte den Kopf, ohne vom Essen aufzusehen. Etwas Wichtiges konnte es nicht sein.

»Soll ich?«, fragte Großmutter.

Jakob nickte kauend.

»Jakob«, sagte Großmutter in einem Ton, so lapidar, wie ein Ton nur sein kann, »redet nicht. Keinen Satz, kein Wort, gar nichts.«

Ich sah Kristyna an, sah Jakob an, dachte einen

ersten und einen zweiten Gedanken: Unsinn! Blödsinn!

Ein Scherz, es muss ein Scherz sein, dachte ich unmittelbar darauf, und zog ungläubig die Augenbrauen zusammen, lachte kurz.

Jakob lächelte blinzelnd zurück.

Ich versuchte, mich zu erinnern: Zuvor hatte ich doch mit ihm gesprochen. … Hatte ich zuvor nicht mit ihm gesprochen? Ich sah zu Kristyna-Oma, die gerade einen Schluck Kaffee nahm und mich über den Rand ihres geblümten Keramikhäferls hinweg beobachtete, das Häferl dann ohne jede Regung auf dem Tisch abstellte und mich weiterhin beobachtete. Jakob hatte sich indes entspannt zurückgelehnt. Auch er sah mich an.

Verdammt, schoss es mir durch den Kopf, es könnte stimmen.

Kapier es endlich!, rief mir mein Verstand zu. Jakob spricht nicht! Keinen einzigen Sa-a-tz! Seine Augen haben gesprochen, ja. Er hat dir zugenickt, ja. Hat gestikuliert, ja. Aber: Er hat noch kein Wort, kein einziges: gere-e-det!

»Du redest nicht«, sagte ich zu Jakob, nun nicht mehr im Ton einer Frage oder überrascht, sondern einsichtig, matt und wie besiegt. »Es ist mir die ganze Zeit über nicht aufgefallen. Ich hätte

schwören können, dass ich mit dir geredet habe.«
Jakob sah mich verständnisvoll an. Bisher war er mir sympathisch gewesen, aber in diesem Moment, ich weiß nicht, ob es war, weil er nicht sprach oder weil er dieses verständnisvolle, ja liebevolle Gesicht für mich machte, in diesem Moment überflutete mich eine Zuneigung zu ihm, von der ich bisher nicht gewusst hatte, dass ich sie empfinden könnte. Andere hätten jetzt womöglich behauptet, ich hätte mich in diesem Augenblick verliebt, doch so weit, nein, so weit würde ich nicht gehen.

»Warum, Jakob? Warum redest du nicht?«

»Für diese Frage ist er noch nicht bereit«, antwortete Kristyna.

War sie seine Advokatin? Was sollte das?

»Aber er hört?«, sagte ich zu ihr, bemerkte einen Gedanken später meine Borniertheit, wandte mich zu Jakob: »Aber du hörst?«

Er lachte, zum ersten Mal sah ich seine Zähne: Weiß, hell wie Butter. Und ich hörte ihn. Nicht seine Stimme, aber doch deren Atmosphäre, jenen Laut, der entsteht, wenn ein Mensch sich probeweise ein wenig öffnet. Ein lustiges, hauchend kratzendes Geräusch war es. *Ch-ch-ch.* Es kam aus seinem Butterbrotmund.

»Du kannst sprechen, stimmt's? Du willst nur nicht.«

»Soll ich?«, fragte Kristyna.

Jakob, mehr tat er nicht, sah sie an.

»Er hört wie ein Luchs und er könnte auch reden«, sagte sie. »Er ist nicht stumm, es ist nichts Medizinisches oder so. Aber er spricht nun einmal nicht, mit niemandem, auch mit mir nicht.«

Auch mit mir nicht. Kristyna brachte es so, als würde Jakob, redete er auf diesem Planeten denn mit irgendjemandem, gewiss ihr und nur ihr die Ehre erweisen.

»Aber warum redet er nicht?« Mir war bewusst, dass ich exakt das bereits gefragt und Kristyna für Jakob geantwortet hatte, dass er für die Frage noch nicht bereit sei. Ich wiederum bin aber nun einmal nicht der Typ, der sich mit einer abschlägigen Antwort so rasch zufriedengibt. Zudem, ich weiß es aus Erfahrung, wollen manche Menschen zweimal, dreimal gefragt werden, bevor sie bereit sind, zu antworten. Nicht unbedingt, weil sie eitel sind und überredet werden möchten, sondern weil sie Zeit benötigen oder das Thema womöglich seit Langem schon verdrängt haben und nun Mut brauchen und den ein oder anderen Schubser, um sich darauf einzulassen. Freilich kann's auch anders sein und die Fragerei nervt sie wie verrückt.

»Warum, Jakob?«, flüsterte ich. »Warum redest du nichts? Warum, hm? Jakob?« Ich sah ihn an. Ihn an – an – an.

Er hielt meinem Blick stand. Betrachtete mich, als wäre ich ein Rätsel, betrachtete mich, als stünde dieses Rätsel womöglich in irgendeiner Verbindung zu ihm. Und dann? Dann sah er weg. Und begann, sich eine Zigarette zu drehen. Blickte, als er sie fertig gedreht und angefacht hatte, zu Kristyna-Oma, nahm den ersten Zug.

»Alles, was ich weiß«, sagte sie, »ist, dass er glaubt, etwas Falsches gesagt und damit etwas nicht Wiedergutzumachendes angerichtet zu haben. Etliche Jahre muss das her sein. Seitdem schreibt er nur noch statt zu sprechen, weil es ihm mehr Zeit verschafft, seine Worte zu wählen. Ich kenne ihn nur so. Eines Tages ist er bei mir aufgekreuzt, stumm, genauso wie er jetzt dasitzt«, sie hob das Kinn in Jakobs Richtung, »und ich hab mir gedacht, wunderbar, den schickt der Himmel, endlich ein Mann, der nichts redet, endlich einer, der sich nicht wichtigmacht. Seitdem unterhalten wir uns ohne ein einziges Wort. Ohne ein einziges Wort von ihm, ich rede freilich schon. Jakob hört zu, antwortet auf seine stumme, vielsagende Art, und wenn das nicht reicht, ums zu verstehen, schreibt er mir einen Halbsatz in seinen Block.«

»Du redest und Jakob hört zu?« Ich sah von Kristyna-Oma zu Jakob und retour. »Also mir wäre das zu einseitig«, sagte ich und wusste augenblicklich um das Aufrührerische meiner Worte, spürte schon, noch bevor ich sie ausgesprochen hatte, ein fiebriges, nervöses Kribbeln, das stoppte mich aber nicht, sondern machte die Sache nur noch drängender. »Seit Jahren«, legte ich nach, »seit Jahren sitzt ihr beisammen und du redest, Oma, und du, Jakob, antwortest nur? Du redest nie aus eigenem Wunsch, beginnst nie ein Gespräch?« Wieder blickte ich zwischen den beiden hin und her. Großmutters Gesicht wurde zusehends verschlossener, Jakobs hingegen munterer, es schien von einer Verblüfftheit erhellt, einem stillen Amüsement. »Also zwischen uns, Jakob, wird es anders laufen«, stellte ich fest. Mir wäre es zu blöd, wollte ich schon sagen, wählte dann aus Rücksicht gegenüber Kristyna-Oma eine diplomatischere Variante: »Mich würde es nicht zufriedenstellen, wenn du nur zuhörst und hin und wieder was in deinen Block kritzelst. Wenn das zwischen uns funktionieren soll …«, ich unterstrich meine Offensive mit einem bedeutsamen Pendeln des Zeigefingers zwischen ihm und mir, fühlte mich dabei wie berauscht, konnte meine Chuzpe kaum fassen, es war beinahe so, als redete nicht ich, sondern nur der verrückteste Teil von mir, doch es war meine, klar meine Stimme, die den Ton angab und also konnte, musste und durfte ich es schon glauben, ich, die sonst Schüchterne, die sonst Zurückhaltende, die sonst hinter ihren Büchern Versteckte, war es, die in diesen abenteuerlichen Sekunden das Kommando hatte und den großen Spruch führte, »also, wenn das zwischen uns funktionieren soll, Jakob, und ich bin sicher, das willst du, dann erwarte ich, dass du die Initiative ergreifst, dass du von dir aus redest, meinetwegen auch mittels deines Blockes, jedenfalls werde ich mich nicht damit begnügen, nur auf deine schlauen Antworten zu warten, das wäre mir« – jetzt sprach ich es also tatsächlich aus – »das wäre mir einfach zu blöd. So. Alles klar jetzt? Machen wir's so?«

Kristyna sah mich an. Offenbar hatte sie Übung darin, ihrem Gesicht den Ausdruck von Unbewegtheit zu geben. Ich erriet nicht, ob sie verärgert war, gekränkt, oder im Gegenteil, heimlich erheitert über meinen Ausritt. Mit Jakob erging es mir ähnlich. In den Jahren ihrer Freundschaft hatten sich die beiden offenbar angepasst. Ich wusste sein Gesicht nicht zu deuten. Seine Augen funkelten aufmerksam, aber was hieß das? Er konnte mich für übergeschnappt halten, für anmaßend oder aber, hoffentlich, für geradlinig und leidenschaftlich.

Kristyna räusperte sich, straffte ihren Rücken. Nein, Oma, beschwor ich sie in Gedanken, nicht, nicht, nicht! Antworte jetzt nicht wieder du für ihn! *Er* soll mir antworten, nur er! Er soll deuten, schreiben, von mir aus Rauchzeichen geben, aber nur von ihm will ich wissen, ob er sich auf mich einlassen möchte. Und keinesfalls, Kristyna, keinesfalls will ich es von dir hören, ich will es, verdammt noch einmal, von ihm erfahren. Nur von ihm!

Keine Ahnung, ob ich bei meinem stummen Mantra die Augen geschlossen hatte oder Großmutter beschwörend anstarrte. Jedenfalls geschah dann das: Während Jakob uneins schien und wirkte, als brauchte er noch etwas Zeit und Ruhe für seine Antwort, öffnete Kristyna freundlich lächelnd den Mund und sagte: »Du hast dich schnell erholt, Malina. Gestern bist du mir da vorne im Garten noch umgeknickt. Und heute, kaum aufgewacht, treibst du Jakob in die Ecke wie einen aufgescheuchten Hasen. Er weiß ja gar nicht mehr, wo ihm der Kopf steht.«

»So hilflos schaut er gar nicht aus, Oma. Und jetzt«, sagte ich, »jetzt will ich eine Antwort von Jakob, und nur von dir, Jakob.« Ich sah ihn an.

Er hob den Kopf. Und dann traf mich sein Blick ins Herz. Wäre dieser Blick ein Satz in einem Buch gewesen, ich hätte ihn nicht zu ermessen vermocht. Er wäre mir, kaum dass seine Wucht mich genommen und fortgefegt hätte, verschwommen vor Augen. Ich war wie betäubt, nach einer Antwort Jakobs verlangte es mich nicht mehr. Was war, ja, was war eigentlich meine Frage gewesen?

Jakob griff nach hinten in seine Gesäßtasche, zog ein Notizbuch hervor, zog aus der seitlich daran befestigten Lasche einen Bleistift, öffnete das Büchlein und schrieb. Schrieb ruhig, mit schönen, von Handwerksarbeit gezeichneten Händen.

Dann hielt er mir das offene Buch entgegen. So, dass ich die Nachricht lesen konnte, ohne sie zu berühren. So, dass Kristyna-Oma der Blick verwehrt blieb. Ich las. Und gleich darauf las ich, obwohl ich doch schon verstanden hatte, ein weiteres Mal – wie man zuweilen ein Gemälde ein zweites und ein drittes Mal besieht, weil man hinter seiner Klarheit noch etwas zu spüren vermeint, eine versteckte

Offensichtlichkeit, eine Botschaft, fein platziert für jene, die Augen dafür haben mochten. Ich las, las abermals und noch einmal, sah zu Jakob.

Zwei Wörter hatte er für mich geschrieben, eigens eine neue Seite dafür aufgeschlagen. Zwei Wörter nur, verschwenderisch auf einem zuvor blütenweißen Blatt: Einverstanden, Malina.

- 15 -

In den folgenden Stunden wurde mir bewusst, was ich bewirkt hatte. Jakob, der bisher lediglich zurückhaltend gelächelt, zurückhaltend Kaffee serviert, zurückhaltend geschaut, genickt, gedeutet hatte, war wie erlöst aus dieser Rolle. Mein Dornröschen, ich hatte ihn wachge…, ihn wachbekommen.

Wie groß die Veränderung war, las ich an Kristyna-Omas Gesicht ab. Sosehr sie sich auch den Anschein von Gelassenheit zu geben suchte, ich sah, dass sie irritiert war. Jakob nämlich ging mir gegenüber geradezu in die Offensive: Aus eigenem Antrieb schrieb er Gedanken und Fragen in sein Notizbuch. Dann wieder berührte er mich am Arm, um mich auf Libellen und Schmetterlinge aufmerksam zu machen, die sich oft paarweise im Kräutergarten tummelten. Innerhalb von nur einer Stunde füllte er mehr als drei Seiten seines Notizbuchs, um mir seine Ideen mitzuteilen, und als wir zu dritt einen Spaziergang in der unmittelbaren Umgebung des Hauses machten, tupfte er mich aus heiterem Himmel immer wieder an.

Sah ich dann zu ihm, zeigte er mir kuriose Wolkenformationen am Himmel oder imitierte mit schnabelförmiger Hand, mit sich öffnenden und schließenden Fingern, heftiges Geplapper. Ja, sagte ich daraufhin, ja, ich bin zufrieden, Jakob! Ja, du sprichst! Du sprichst mit mir! Und dann lachten wir. Ich offen und hell, er sein *Ch-ch-ch.*

Kristyna? Sie ging neben uns her.

Mit ihr sprach Jakob nicht.

»Bist du mir böse, Oma?«

Wir standen nebeneinander in der Küche, es war nach unserem Spaziergang. Ich half ihr beim Schneiden des Gemüses. Jakob war draußen auf der Veranda, außer Hörweite.

Sie sah mich an, lächelte ein wenig. »Nein, Malina, ich bin dir nicht böse. Ich mach mir nur so meine Gedanken. Über mich.«

Abermals zögerte sie. Hielt beim Schneiden inne, sah auf ihr Messer, die Zucchini, das alte, eingekerbte Holzbrett. »Ich war wie blind«, sagte sie, blickte kurz nach draußen zur Veranda – und hackte der Zucchini das Ende ab. »Aber zwischen uns, Malina, ist alles in Ordnung«, sagte sie, »du brauchst dir keine Gedanken zu machen.«

Sie war noch immer wütend, wütend wohl am

meisten auf sich, mehr noch als auf Jakob. Und sie war noch immer gekränkt, ich sah es ihr an. Mir aber brachte ihr Eingeständnis meine Kristyna-Oma zurück. In Gedanken berührte ich sie; mit flacher Hand, die Stelle zwischen ihren Schulterblättern.

Ich überlegte, ob ich sie nun fragen konnte. Es passte gerade so gut zwischen uns. Jetzt, dachte ich, jetzt frag sie doch einfach! Einfach von Frau zu Frau. Dann weißt du es, dann hast du Klarheit! Du, Kristyna-Oma, hast du was mit Jakob? So könnte ich fragen. Kristyna, habt ihr was miteinander? Schlaft ihr miteinander? Das könnte ich einfach so rauspurzeln lassen und lachen dabei. Oder auch nicht lachen. Oder dezenter: Kristyna-Oma, seid ihr, du und Jakob, eigentlich nur gute Freunde oder ist da mehr? Ja, so, am besten so! Ich holte Luft, Luft für den nötigen Mut, und spürte am Zittern im Zwerchfell, dass die Nummer schrecklich schiefgehen konnte. Ich sah zu Kristyna-Oma und ihr in sich gekehrter Gesichtsausdruck reichte mir, um zu wissen, dass ich den Moment verpasst hatte.

Die Zeit, schon wieder hatte es sich gezeigt, verläuft nicht geradlinig. Die Zeit hat unterschiedliche Qualitäten. Sie ist wie Materie, einmal fester, einmal durchlässiger, einmal geeignet für dies, dann für jenes. Dass sie kein fixes Maß ist, ist ohnehin klar, aber das meine ich nicht; ich meine nicht, dass die Zeit beispielsweise für uns langsamer vergeht, wenn wir in Einsteins Rakete um die Erde fliegen. Was ich denke, geht darüber hinaus. Meiner Erfahrung nach ist Zeit nichts Abstraktes, Unberührbares, sondern sie hat Substanz, wie etwa auch der Wind oder eine Wolke Substanz haben. In dieser dahingleitenden Zeitwolke leben wir, und manchmal entsteht darin ein Wirbel, der alles verändert und in dem, kostbar kurz, eine ungewöhnlich dringliche Atmosphäre herrscht.

Die Begebenheit mit Jakob etwa: seine überraschende Offenheit mir gegenüber, seine Wandlung und die Momente, in denen ich sie mit meiner zugegeben unmöglichen Penetranz herbeigeführt hatte – ich fühlte mich wie durch Zeit und Raum gehoben während dieser Sekunden. Es war, ich sagte es schon, als redete nur der verrückteste, aber eben auch der überzeugendste Teil von mir.

Solche Momente sind rar. Wer das Wort magisch nicht mag, kann sie gerne neuralgisch nennen. Jedenfalls spürte ich in diesen Augenblicken unzweifelhaft und tatsächlich körperlich, dass der Fluss der Zeit uns eben nicht gleichmäßig mit sich führt, mitunter stupst er uns voran.

Bei meiner Begegnung mit Jakob wusste ich jedenfalls mit einer weiß Gott woher kommenden Sicherheit, dass ich jetzt und nur jetzt die Chance hatte, ihn zu erreichen. Was passierte, hatte ich nicht mehr im Griff. Es redete aus mir, ich konnte gar nicht anders.

Und Jakob? Ich denke, auch er konnte in diesen Augenblicken nicht anders. Er traf die Entscheidung, die er für sich treffen musste, unter dem Eindruck dieses Wirbels, in dem wir beide uns befanden.

Das führt jetzt vielleicht zu weit und ist schon wieder zu verrückt, aber ich habe das Gefühl, dass Zeit der maßgebliche Schlüssel im Leben ist. Ich denke, dass die Zeit uns ausmacht. Und auf eine sonderbare Weise beeinflussen auch wir sie, es scheint mir fast wie eine physikalische Wechselbeziehung. Letztlich glaube ich, die Zeit ist ein Teil von uns.

- 16 -

Jakob berührte mich, vorsichtig, als wäre ich zerbrechlich. Oder als hätte er Sorge, ich könnte, hochschreckend, ihn erschrecken. Achtsam sah er mich an, mit einem widersprüchlichen Funkeln in den Augen.

War er der sanfteste Mann, den ich bisher kennengelernt hatte? Einiges deutete darauf hin, dass er der interessanteste sanfte Mann sein könnte.

Dass Jakob auch andere Seiten haben musste, vermutete ich von Beginn an. Trotz seiner zurückhaltenden Art wirkte er, als wüsste er, was er wollte. Schon rein äußerlich war da etwas. Andere hätten lange vor dem Spiegel stehen müssen, um so zerrauft, unrasiert und nachlässig angezogen auszusehen. Selbst der Schmutz an seinen Jeans wirkte wie ideal platziert.

Und nun hielt er mir ein Zettelchen vor die Nase. Schon am zweiten oder dritten Tag nach unserem Kennenlernen hatte er sie erstmals eingesetzt: knapp handflächengroße, quadratische Zettel. Für die gängigsten Fragen und Antworten. Ein Arsenal vorgefertigter Gedanken.

Je nach Bedarf zog er Wort für Wort aus der Brusttasche seines Hemdes, aus den Vorder- und aus den Gesäßtaschen seiner Jeans, aus seiner Jacke. Es dauerte nicht lange und ich konnte voraussagen, welches Wort gleich auf mich zukommen würde. Dafür musste ich mir nur merken, wo Jakob welche Wörter versteckt hielt. Aber kaum hatte ich sein System geknackt, begann er zu variieren. Und er erhöhte seinen Zettelvorrat pro Tasche. Ein und dieselbe konnte fortan die widersprüchlichsten Bedeutungen in sich tragen. Der Wortschatz, den Jakob an mich verschenkte, wuchs.

In den Taschen seiner Hose hielt er nicht nur einzelne Worte wie *Sehr gerne!*, *Keinesfalls!* oder *Bis morgen!* versteckt. Dort warteten ganze Sätze auf mich. Tasche hinten rechts: *Lass mich bitte an deinen Gedanken teilhaben, Malina.* Tasche hinten links: *Erzähle es mir bitte noch ausführlicher.* Ebenfalls Tasche hinten links: *Gönnen wir uns eine Pause gemeinsames Stillsein.*

Freilich hätte ich an seiner Mimik und seinen Gesten erkennen können, was Jakob in etwa sagen wollte, so gesehen waren die meisten Zettel nicht nötig. Doch so klein der Unterschied aufs Erste scheinen mochte, erwies er sich als entscheidend: Es kam nicht nur darauf an, was Jakob sagte, es kam darauf an, wie er es tat. Vor allem darauf kam es an. Wie er es sagte, veränderte nicht nur Nuancen an dem, was er sagte. Wie er es sagte, veränderte: *was* er sagte. Der Stil seiner Sätze, ihr Rhythmus, ihre Melodie, die Wahl der Worte, ihre Stellung im Satz. Ich hörte Jakobs noch nie gehörte Stimme in diesen Worten, erlas seine Art zu denken und zu fühlen, seine Art, Mensch zu sein. Ich erkannte ihn an seinen Worten, seiner Schrift.

Gönnen wir uns eine Pause gemeinsames Stillsein. Wann hatte ein Mann zuletzt so zu mir gesprochen? *Gönnen wir uns. Wir, uns. Gemeinsames. Still. Sein.* Es hatte einen Stummen gebraucht, der mir so etwas sagte. In der Kunst und der Literatur gibt es die ewige Frage, was wichtiger sei, Inhalt oder Form. In diesen Momenten war die Antwort für mich sonnenklar. Es ging nicht um Inhalt *oder* Form. Wenn ein Bild, ein Buch, eine Lebenszeit glückte, waren Inhalt und Form eins.

Noch so ein Satz von Jakob war: *Lass uns eine Weile alleine sein miteinander.* So ausgesucht freundlich bekam ich noch nie gesagt, dass ich Abstand nehmen soll. Was mich stutzig machte: Wieso zum Teufel hatte Jakob es für nötig befunden, dafür einen standardisierten Satz anzufertigen? War ich ihm denn regelmäßig lästig? Nervte ich ihn? Plapperte ich zu viel? *Malina, ich freue mich wirklich sehr, wenn du mir von dir erzählst!* Na also. Auch diesen Satz führte er im Köcher.

Mittels seiner Zettelsätze, vor allem aber mittels seines Notizbuchs, das für uns bald nur noch *das Logbuch* hieß, drangen wir nach und nach in den Orbit des anderen, sickerten ein in Möglichkeiten. Ich durfte Jakob lesen wie ein Buch. Und mich durfte er, nun ja, mich durfte er lesen wie ein Hörbuch. Wobei, hin und wieder ging selbst ich dazu über, meine Ideen und Antworten nicht auszusprechen, sondern ins Logbuch zu schreiben. Es war eine Art Simsen und Mailen auf altmodischem Papier. Analoges Chatten.

Jakob verstand es, sich mittels seiner Schriftminiaturen mitzuteilen, wie ich es nie von ihm erwartet hätte. Welch Gedanken ihm glückten! Lange wollten sie für mich, selbst wenn das nun auf dumme Voreingenommenheit meinerseits schließen lässt, nicht zum äußeren Eindruck passen, den er auf mich gemacht hatte; nicht zu seiner grobschlächtigen Art zu gehen, zu seinem ungepflegten Haar, und auch nicht zu seiner Kleidung, die wirkte, als gehörte sie einem Bauarbeiter oder … oder einem Waldschrat. Mitunter glaubte ich, Sägespäne aus dem fadenscheinigen Stoff seines Hemdes rieseln zu sehen; und aus den Taschen seiner alten Jacke kleine Rindenstückchen, käferförmige Klümpchen, geknickte Vogelfedern. Etwas an ihm freilich spiegelte jene eleganten Formulierungen: seine ruhigen, immer wieder klug aufblitzenden Augen. Er war nicht der Waldschrat, für den er auf den ersten Blick gehalten werden mochte, jedenfalls war er nicht nur das. Seine Worte verrieten ihn, seine Worte und seine Augen. Er hatte mir beides gezeigt. Er vertraute mir.

Oder auch nicht. Denn als ich ihn danach fragte, was er tue, wenn er nicht bei Großmutter auf der Veranda sitze, rauche und schweige – schwieg er. Taxierte mich und schwieg. Vielleicht prüfte er ja gar nicht mich mit seinem Blick. Vielleicht prüfte er weniger, ob er mir den Rest seines Lebens anvertrauen wollte, als dass ihn die Wirkung überraschte, die meine Frage bei ihm hinterließ. Womöglich zwang ihn diese Frage erstmals seit Langem, in sich zu gehen, um herauszubekommen, was er denn eigentlich tue den ganzen Tag, ja, ob er denn überhaupt etwas tue, worüber sich reden ließe.

Als ich ihn abermals fragte und kurz darauf noch einmal, war seine Art zu schweigen und durch mich hindurchzusehen nicht zu unterscheiden vom ersten Mal. Da ich nicht in eine Art Zeitschleife geraten wollte, überwand ich meine Natur und bohrte, es fiel mir schwer, nicht weiter. Stattdessen sagte ich: »Jakob, mich interessiert, was du sonst noch so tust. Ich werde dich nicht mehr damit nerven, aber das heißt nicht, dass ich uninteressiert bin, okay? Sobald du also bereit bist, es mir zu erzählen, freue ich mich.«

Eine kleine Weile hatte er daraufhin noch in sein Inneres gestarrt. Dann tauchte er auf, blinzelte wie erwachend und schenkte mir schließlich einen Blick, der womöglich sagen sollte, er habe mich gehört und verstanden. Und dann – kein Nicken, kein Deuten, kein Zettel, kein Gruß – stand er auf, ging zu seinem durchgerosteten Suzuki Samurai, startete und knatterte davon.

Ich? Blieb perplex zurück.

Und fragte mich, ob ich etwas falsch gemacht hatte. Es fiel mir einiges ein. Daraufhin fragte ich mich, ob ich es mir demnach selbst zuzuschreiben hätte, so von Jakob stehen gelassen zu werden. Fragte mich, ob ich gar nichts anderes verdient hätte, als so eiskalt stehen gelassen zu werden. Fragte mich unmittelbar darauf auch noch, weshalb ich generell eine derart seltsame Person war, eine zwischenmenschlich völlig unfähige Eigenbrötlerin!

Ob es an Jakob gelegen haben könnte, fragte ich mich nicht. Das tat ich erst später, und auch da nur kurz. Verwarf es sofort und nahm wieder mich unter Beschuss. Variantenreich und ausdauernd beschuldigte ich mich. Erst als ich schließlich nur noch erschöpft in den Himmel sah, kam mir ein anderer Gedanke: typisch Frau, machst dich selbst fertig.

Männer, sagte ich mir nun, kommen sicher nicht auf die Idee, sich so zu betonieren. Die sind sicher nicht so blöd, sich selbst das Leben zu vermiesen. Männer hocken nur breitbeinig da und gaffen einen unverständig an. Die haben noch nicht einmal davon gehört, dass es Millionen Möglichkeiten gibt, sich selbst zu hinterfragen. Nur wir Frauen tun das. Nur wir idiotischen Frauen beschimpfen uns ständig selbst!

Als ich Jakobs Suzuki zurückkommen hörte, war ich das personifizierte Elend, bestehend aus Selbstmitleid, Selbstvorwürfen und Selbstwut. Das Wort Selbstwut gibt es nicht, scheiß doch drauf, ich hatte: Selbstwut!

Jetzt kommt der Herr plötzlich wieder, schoss es mir durch den Kopf. Ich stand auf, ging im Stechschritt auf Jakob zu, der soeben aus dem Auto stieg, und fuhr ihn an, dass er jetzt gar nicht plötzlich wiederzukommen brauche, weil alles, ja alles, lasse ich mir sicher! nicht! gefallen!

Jakob sah drein wie vom Blitz getroffen. Er stand da, buchstäblich mit offenem Mund. In seiner Hand, jetzt erst sah ich es, hatte er Fotos. Er griff nach dem Logbuch, kritzelte eilig etwas hinein, riss das Blatt heraus, das hatte er noch nie gemacht, und hielt es mir gemeinsam mit den Fotos entgegen.

Ich dachte, du wolltest wissen, was ich sonst so mache. Ich baue Hütten. Das sind Fotos davon. Ich bin gefahren, um sie für dich zu holen.

- 17 -

Nun tat er mir leid.

Aber wie blöd! Warum tat nun er mir leid?! Er hätte doch einfach sagen können, dass er Hütten baut. Das hätte er doch einfach sagen können! Oder dass er kurz wegfährt, um Fotos zu holen. Einfach sagen, oder? Schreiben eben, das hätte er doch einfach schreiben können! Ist das denn zu viel verlangt, von einem Mann, einfach ein Wort zu schreiben?

Ich sah ihn an, blies Luft aus. Verdrehte, nun schon als Spaß, doch ein bisschen auch noch im Ernst, die Augen, wandte mich um und ging, ließ ihn stehen. Und deutete ihm nach ein paar Schritten mitzukommen, zur Veranda. Fotos anschauen. Von den Hütten des Herrn.

- 18 -

Als ich nachts erwachte, war da dieses Geräusch. Ich lag im Bett, flach auf dem Rücken, die Augen offen. Spannte die Nackenmuskeln an und hob ein wenig, ein ganz klein wenig den Kopf, hielt den Atem an und lauschte.

...

Stille.

Nachtschwarze Stille.

Ich fühlte sie plastisch an mir. Sie füllte das Zimmer. Als bestünde sie aus Badeschaum.

Meine Lungen zwangen mich, wieder Luft zu holen. Verhalten nur atmete ich, um das Geräusch, auf das ich lauerte, nicht zu verpassen. Die Nackenmuskulatur gab nach, mein Kopf sank zurück. So lag ich, bereit für das Geräusch.

Ich glaubte, dessen Ursache zu kennen, vermutete, dass dieses Geräusch und dessen Ursache eins waren. Ich glaubte, Sex hatte mich geweckt.

Unsinn. Wie könnte das sein? Wer sollte Sex haben hier im Haus?

Ich musste mich geirrt haben.

War es ein Traum gewesen?

Ich lag da, nichts rührte sich.

Ich beschloss, geträumt zu haben, atmete durch die Nase langsam ein und langsam aus, drehte mich zur Seite, um weiterzuschlafen. Und da war es wieder.

War das etwas Mechanisches … oder war es menschlich? Es hörte sich an wie ein Drücken und Loslassen. Ein Anrollen und Zergehen. Energisch und weich zugleich. Eine Ellipse aus einem Hin und einem Her. Geformt aus … ja, woraus?

Und dann wieder Stille.

Ich schlug die Decke zurück und stand mit einem Ruck neben dem Bett. An meinen nackten Fußsohlen: Kühle.

Ich lauschte.

…

Nichts.

Ich tapste die paar Schritte zum Fenster und zog den Vorhang beiseite. Der Halbmond. Er schien zu dösen im Himmel, uninteressiert und matt und müde. So ganz allein da oben. Abwesend.

Das Zimmer, das mir Großmutter überlassen hatte, lag auf der Rückseite des Hauses. Eines der Kassettenfenster wies nach Norden, eines nach Osten, von beiden aus war nichts zu sehen als eine dunkle Ahnung von Wiese, Wald und Himmel.

Ich öffnete ein Fenster. Sommernachtskühle. Sie umfing mich. Klammes Fell eines aus der Kälte kommenden Tieres. Über dem dünnen Nachthemd verschränkte ich die Arme. Welch seltsame Ruhe da draußen war, als hätte sie sich in die Nacht gelegt. Es war keine Stille wie im Zimmer. Es war Ruhe. Sie schien lebendig und absichtsvoll, entströmte dem Tau, dem Moos, dem Wald, den regelmäßig atmenden Tieren, jenen, die ihrer Beute auflauerten und jenen, die nichtsahnend schliefen. Ich beschloss, das Fenster geöffnet zu lassen für den Rest der Nacht, da hörte ich Großmutter stöhnen.

Hundert Fantasien zerstoben in meinem Kopf.

...

Was aber, wenn ich einem schrecklichen Irrtum erlag? Vielleicht ging es Großmutter schlecht, vielleicht hatte sie Schmerzen. Ich öffnete – leiser als ich es tat, war es unmöglich zu schaffen – meine Zimmertür, schlich, mich an der Wand entlangtastend, zu ihrer Tür.

Schluckte trocken, als ich davorstand. Eine Sorge konnte ich abhaken. Kristyna ging es nicht schlecht. So wie sich das anhörte, ging es ihr ganz und gar nicht schlecht.

Verdammt, mit wem hatte sie da Sex? War das Jakob da drinnen?!

Er war spätnachmittags gefahren, aber was hieß das schon, er konnte ja nachts nochmals gekommen sein. Gekommen sein.

Ich sprintete auf Zehenspitzen zum Ende des Ganges, um durchs Türfenster über Veranda und Kräutergarten hinweg zu erkennen, ob Jakobs Auto da stand. Nichts zu sehen, viel zu finster. Aber was hieße es schon, stünde sein Auto nicht da? Er konnte es ja woanders geparkt haben, ich würde nun nicht mitten in der Nacht die ganze Gegend absuchen. Kühlen Kopf, ich musste kühlen Kopf bewahren. Kühlen Kopf. Und überhaupt: Warum war ich eigentlich eifersüchtig? Na warum wohl! Aber wir hatten ja nichts miteinander. Na und!

Erneut lauschte ich an der Zimmertür.

Kristyna. Ja, ja, Kristyna-Oma. Ihr ging es blendend.

Von ihrem Liebhaber … nichts zu hören. Stille. Männliche Stille. Das deutete, natürlich, auf wen sonst!

Aber vielleicht … war sie ja allein. Ja, warum nicht! Ich geriet in eine kleine, verrückte Freude über diesen Funken von Möglichkeit und schmunzelte auch schon in mich hinein. Kristyna, ich hatte sie unterschätzt, sie machte es sich völlig ungeniert einfach selbst. Und ich stehe da an ihrer Tür. Wie blöd von mir, wie ein Schulmädchen stehe ich da mitten in der Nacht und lausche, ist ja peinlich.

Da ging Kristyna-Omas Stöhnen in ein Jammern über, ein Winseln, ein kleines, flehend glückliches Wimmern. Und nun hörte ich auch den Mann.

Es überrumpelte mich, schloss mir die Augen und unmittelbar war jeder Gedanke gelöscht, überdeckt von etwas bar jeder Rationalität, etwas Mächtigerem: Jakob, es musste, sollte, Jakob sein! Lusttrunken war er, leidend, zähnefletschend. Ich spürte ihn. An meinem Nacken, meiner Brust. Mir galt sein lüsterner Schmerz, sein Ausgeliefertsein, mir! Die Muskeln seines Leibes erzitterten, er zog seine Lefzen hoch, ein Wolf, außer sich.

Wie meine Lust ihn verwandelt hatte, was sie gemacht hatte mit ihm!

Dann nur noch Atmen, heftiges Atmen. Nur das noch war, nur noch das, nur das, noch.

...

Was tat ich nur? Malina! Reiß dich zusammen! Wenn dich jemand so aufgelöst hier findet!

Und überleg doch! Konnten diese Laute tatsächlich aus der Kehle Jakobs gekommen sein? Aus dem Innersten dieses Stillen?

Ich hatte ihn noch nie reden gehört. Kein einziges Wort hatte ich bisher gehört von ihm. Und selbst wenn, reden und stöhnen, das muss sich stimmlich doch überhaupt nicht ähneln, oder? Ich versuchte mich zu konzentrieren, versuchte, mich an meine diesbezüglichen Erfahrungen zu erinnern, war aber zu abgelenkt, gerade kam Kristyna-Oma noch einmal.

- 19 -

Ich erwachte, weil mir mein Becken wehtat. Auch mein Rücken schmerzte. Ich fand mich in meinem Zimmer auf dem Boden sitzend, schief gegen die Wand gelehnt. Wie eine Besoffene. Ich blickte um mich, draußen dämmerte es offenbar. Das Haus lag still, nichts rührte sich.

Meine Zimmertür stand einen Spalt offen, anfangs sah ich es wie nebenbei, als wäre es nicht von Belang. Doch unmittelbar darauf erinnerte ich mich. Nachdem ich nachts ins Zimmer zurückgeschlüpft war, hatte ich die Tür nur angelehnt, unbedingt wollte ich mitbekommen, wenn jemand von Kristynas Schlafzimmer auf den Gang treten würde – und wer es sein mochte. Wie unmöglich, ich hatte mich tatsächlich auf die Lauer gelegt! In meinem Fall: auf die Lauer gekauert; auf dem Boden meines Zimmers, um Wache zu halten, bis der Liebhaber, wer immer es auch sein mochte, sich zeigen würde.

Nun drehte ich mich aus der Schieflage zur Seite, raffte mich auf und stolperte mit steifen Gliedern zum Bett. Kroch hinein und zog mir die Decke über den Kopf.

Bald muss ich eingeschlafen sein.

Als ich erneut erwachte, war es taghell. Ich schlich ins Badezimmer, traf zu meiner Erleichterung auf niemanden, weder auf Großmutter noch auf einen Mann. Die Scham wegen meiner nächtlichen Eskapade hinderte mich nicht daran, das Badezimmer mit stechenden Blicken abzutasten als wäre es ein Tatort. Nun ahnte ich, wie es Kriminalbeamten ergeht: Dass ich nichts Verdächtiges entdecken konnte, beruhigte mich nicht, absurderweise steigerte es mein Misstrauen. Nach kurzem Abwägen ließ ich mich dazu hinreißen, Kristynas Badezimmerkästchen zu öffnen. Unmittelbar darauf scheute ich nicht einmal mehr davor zurück, wie eine Diebin darin herumzufingern. Doch keinerlei Spuren. Nichts, was auf einen Liebhaber hinwies. Seine Zahnbürste hatte er jedenfalls noch nicht dagelassen.

Vom Badezimmer ging ich zur Küche. Auch da niemand. Die danebenliegende Haustür fand ich unversperrt, wie immer. Großmutter sah keine Notwendigkeit abzusperren, selbst nachts nicht oder wenn wir länger spazieren waren. »Trägt mir ohnehin keiner was ins Haus«, das war ihr Spruch.

Sachte schloss ich die Tür hinter mir, trat im Nachthemd nach draußen auf die Veranda. Da schoss mir ein, dass Jakob doch auch vor unserem

Kennenlernen mitten in der Nacht eingetroffen war. Auch damals hatte ich es nicht mitbekommen. Damals war ich allerdings im Kräuter-Blumen-Garten zusammengeklappt und dann wie bewusstlos in meinem Bett gelegen. Kristyna-Oma saß die ganze Zeit über bei mir, das nahm ich jedenfalls an. Und morgens war wie vom Himmel gefallen Jakob da gewesen und es hatte nach röstfrischem Kaffee geduftet. Jetzt aber, ich sah mich um, hielt die Nase in die Luft … nichts.

Die Veranda lag unberührt im milden Morgenlicht. Auf dem Beistelltischchen lagen und standen die Dinge, wie wir sie am Vorabend beim Zubettgehen zurückgelassen hatten: der kleine Packen internationaler Zeitungen, den Großmutter und ich lustvoll abgearbeitet hatten, der randvolle Aschenbecher, die Schatullen und Kästchen mit Großmutters Rauchwaren, unsere Gläser mit Bodenresten burgenländischen Rotweins, das Schachspiel, der Roman, den ich gerade las; das übliche schöne Durcheinander.

Daneben stand der Esstisch, sauber aufgeräumt. Auf einer der Sessellehnen kauerte regungslos, nun erst sah ich ihn, ein Buchfink. Er blickte in meine Richtung, nicht ängstlich, nicht einmal skeptisch. Neugierig, ja, neugierig und gewitzt funkelte er mich an, schwarz glänzende Äuglein. Es war ein Männchen. Ich bin keine Vogelexpertin, aber zufällig weiß ich Bescheid, was Buchfinken anbelangt. Ich mag sie wegen ihres Gesangs, und besonders ihres Namens wegen. Als Kind schon hatte ich mir vorgestellt, dass Buchfinken wie ich ihre Zeit am liebsten in Gesellschaft von Büchern verbringen, ja, dass sie das heimliche Wappen- und Schutztier der Bücherwelt sind. So wie es hieß, dass die Sphinx die Pyramiden bewacht, Zerberus den Hades oder Löwen das Portal eines Schlosses, stellte ich mir vor, dass ein Schwarm Buchfinken für den Eingang zur Romanwelt zuständig wäre. Anstatt die Pforte aber zu bewachen, flögen die Finken trällernd umher, um uns Menschen mit ihrem wellenförmigen Flug und ihrem *Fipfi-fifi-pfri* in die Literatur zu locken. Jedenfalls ist der Buchfink die einzige Vogelart, die ich allein an ihrem Gesang mit Sicherheit benennen und von anderen Singvögeln zu unterscheiden weiß. *Fipfri-fifi-pfri.* Als Kind von mir übersetzt hieß das unzweifelhaft *Lies ein Buch und lebe! Fipfi-fifi-pfri!*

Das Buchfinkenmännchen auf der Sessellehne aber sang nichts, pfiff sich nichts und rührte nach wie vor kein Federchen. Es blickte mich an, das tat es.

Ein zierliches Exemplar war es, vielleicht zwölf Zentimeter groß. Sein rotbrauner Bauch sah einladend aus, gerne hätte ich ihn gestreichelt, mit der Außenseite meines Zeigefingers, oder, noch besser, ihn zart mit meiner Wange berührt. Die schwarz-weißen Flügel hielt der Buchfink eng am Körper und sein braunoranges Gesicht war wie eingerahmt von graublauen Stirn- und Kopffedern. Es sah aus, als trüge der Kleine sicherheitshalber einen Sturzhelm.

Nachdem er mich eine Weile beobachtet hatte, schien sich der Fink zu fragen, was es mit mir auf sich habe. Das hätte ich auch selbst gern gewusst. Er legte sein Köpfchen schief. Ich tat es ihm gleich, lächelte ihm freundlich zu und redete mir ein, dass wir beide uns, der Buchfink und ich, auf eine besondere Art verstünden, uns auf eine gleichermaßen eigentümliche wie selbstverständliche Weise kannten und uns ohne Worte verständigen konnten. Immerhin war dieser Buchfink klug, er war nicht hektisch davongeflogen, wie es die meisten seiner Artgenossen instinktiv getan hätten. Er war stattdessen einfach sitzen geblieben. Und hatte mich beobachtet. Völlig richtig hatte er erkannt, dass keine Gefahr von mir ausging. Nun hielt er es nicht einmal mehr für nötig, mich im Blick zu behalten. Sachte verlagerte er seinen flauschigen Körper von einem Beinchen aufs andere, sah sorglos um sich. Rundum entspannt schien er. Wie in Vorfreude vibrierte er mit seinen Schwanzfedern und unmittelbar darauf klatschte er ein Klümpchen auf den Sessel. Das allein war wohl der Plan gewesen für seinen Besuch hier, denn nun, da er sein Geschäft erledigt hatte, flog er gut gelaunt davon. Wer jetzt fragt, wie bitteschön zu erkennen sein soll, dass ein Vogel gut gelaunt sei, dem kann ich nur empfehlen, einem Buchfinkenmännchen zuzusehen, wie es auf der Lehne eines Sessels sitzt, die Schwanzfedern vibrieren lässt, befreiend kackt und dann davonfliegt – gut gelaunt.

Ich sah dem Finken nach. In vergnügten Bögen machte er sich über den Garten und die Sandstraße davon. Kein Wagen parkte dort. Ich bemerkte es, das schon, doch es war mir einerlei. Norbert – dieser Buchfink würde Norbert heißen von nun an – Norbert hatte mir meinen Stolz wiedergegeben, meine Souveränität, meine Würde. Mit einem Mal war ich ziemlich gelassen, was Jakob anbelangte; mein lächerlich pubertäres Getue dahin. Dank Norbert.

Vor mir lag, ruhig und unberührt und beschienen von der zunehmend wärmenden Sonne, der Garten, dahinter die weite Wiesen- und Waldlandschaft. Würde ich mich nun nicht rühren, ganz still stehen bleiben in diesem Bild, wäre auch die Zeit darin gefangen, dachte ich, da die Zeit nicht die geringste Bewegung vorfände, nicht die geringste Gelegenheit, sich daran festzuhalten und voranzukommen. Aller Mitfahrgelegenheit beraubt wäre sie und müsste still in sich zusammenstürzen an diesem unbewegten Ort.

Gleich darauf freilich eine Bewegung. Ihre Quelle lag einige Meter entfernt. Zuerst nahm ich sie als diffuse Irritation wahr, am Ende vom Gemüsekräuterblumengarten, nahe der Sandstraße.

Es sah aus, als stiegen Flöckchen auf. Irgendwo neben den weiß blühenden Rosensträuchern, in der Nähe der Karotten, vielleicht der Erdbeeren. Besser war es von der Veranda aus nicht zu erkennen. Blütensamen, dachte ich, es könnten Löwenzahnsamen sein, die von einer Brise emporgetragen werden. Die Flöckchen hoben von nur einer Stelle ab und schienen vom Himmel angesaugt zu werden. Es geschah schubweise, alle zehn, zwanzig, dreißig Sekunden eine Eruption. Manchmal auch in längeren Intervallen schossen Flöckchen aus Großmutters Garten davon. Pro Schub vielleicht um die zwanzig, vierzig Stück. Insekten, dachte ich dann, Fruchtfliegen vielleicht. Die waberten im Sommer, das kannte ich, in der stehenden Luft schwarmweise auf und ab. Diese Flöckchen aber schwebten nur davon. Wären es Insekten, die sich an Pollen oder Blütenstaub bedienten, müssten sie doch hin und retour fliegen und nicht nur davon.

Warum gehst du nicht einfach hin und siehst nach, fragte ich mich – und blieb wo ich war. Überlegte, weshalb. War ich zu träge? Wollte ich von hier aus, gut fünf Meter von der Abflugschneise entfernt, die Lösung finden? Die Spannung aufrechterhalten? Wünschte ich ein Rätsel zu lösen, so wie ich als Kind bei derlei Anlässen die Erwachsenen beschwor: Verratet es nicht, ich will selbst draufkommen. Alle Antworten aber, die ich in Gedanken durchspielte, ergaben letztlich keinen Sinn, alle trugen einen Widerspruch in sich.

Mit einem Mal ging ich zielgerichtet los. Unmittelbar danach und während des Gehens dieser wenigen Meter wunderte ich mich, dass ich losgegangen war, denn eigens entschieden hatte ich nicht, nun, ausgerechnet nun loszugehen. Ich hielt vor der Stelle, an der die Flöckchen abhoben. Und als ich sah, was es war, dachte ich: Darauf hätte ich schon zuvor kommen können. Ameisen. Es waren fliegende Ameisen, sie schlüpften. Der Boden entließ sie. Ein sandig-erdiges Hügelchen war da mitten unter den Blättern und Stängeln und Früchten der Erdbeerpflanzen. Ich ging in die Hocke, um das Hügelchen näher zu betrachten. Aus winzigen Kratern krochen Ameisen ins Freie, warteten ein wenig und entflogen dann in Trupps der Erde, als bekämen sie von irgendwoher den Befehl dazu.

Hinter mir plötzlich ein sandiges Rauschen, Quietschen! Erschrocken wandte ich mich um, drohte, in der Hocke noch, das Gleichgewicht zu verlieren. Vor mir etwas Mächtiges, Gelbes. Aus dem offenen Fenster des Lieferwagens grinste, braun gebrannt, jung, der Postbote. Mein Herz trommelte, schlug Alarm, und als der Schreck abklang, schlug es erneut Alarm: Gierige Augen musterten mich. Ich spürte sie an mir. Luft! Sie drängte sich heiß an mich. Die fremden Augen tasteten mich ab, doch sie waren nicht auf meinem Gesicht, und noch immer nicht, und da erst begriff ich, dass ich noch im Nachthemd war. Unter dem dünnen Stoff zeichneten sich meine Schenkel, meine Brüste ab.

Der Postbote. Ich blickte ihn an, versuchte, wieder Herr der Lage zu werden – wieso heißt das Herr der Lage, verdammt?! – versuchte, … meine … meine Fassung wieder zu gewinnen, stellte mich aufrecht hin, Kinn hoch, Schultern zurück.

Von meiner Achsel lief, dünn, kribbelnd, Schweiß in einer geschwungenen Bahn meine Rippen entlang. Das hätte mir nun doch unangenehm sein müssen. Ich berührte die Stelle. Umschlang meinen Bauch mit dem Arm und berührte die Stelle mit der flachen Hand. Beließ die Hand an meinen Rippen, fühlte meine Nässe. Wie erlösend. Wie überraschend. Ich stand, sog Luft ein. Süßer ... warmer ... Schweiß.

Ich lächelte, lachte beinahe laut auf. So wie es nun war, mochte ich es. Mein Gefühl, mein Körper, meine Situation. Ich war wieder ich, ganz ich war ich. Frau der Lage.

- 20 -

Als das Postauto aus dem Stand beschleunigte, heulte der Motor auf wie ein aus dem Nichts getretenes Tier. Der Wagen hob sich, fauchend drehten die Reifen durch, prasselte Sand. In rascher Folge wurde vom ersten in den zweiten Gang, in den dritten Gang geschaltet. Das hektische Gelb des Wagens. Es verschwand, verblasste hinter einer Raupe aus Staub.

»Na?«, sagte es nahe hinter mir, »hast du mit unserem Postler geflirtet?«

Kristyna. Mit einem Mal stand sie da. Und ehe ich irgendetwas zur Antwort stammeln konnte, ehe ich erzählen konnte, was geschehen war und wie mich der junge Bursche, dieser Postbote, mit seinem Blick ausgezogen hatte, sagte Kristyna-Oma in amüsiertem Tonfall: »Du gehst ja ganz schön aus dir heraus seit gestern Abend.«

Was meinte sie? Ich versuchte zu rekapitulieren, ging den gestrigen Abend durch … ach so, es war vermutlich eine Anspielung darauf, dass ich eine ihrer *Kristynas* probiert hatte, ein paar Züge von der Able, *Aeeebl.* Mit ihr würde ich die versteckten Facetten meiner Persönlichkeit entdecken. Das war Großmutters Werbetext gewesen. In Wirklichkeit aber war der Effekt gleich null, nicht der Rede wert. Ja, ein leichtes Schwummrigsein vielleicht, ein nicht unangenehmes Gefühl des Schwebens im Kopf, doch kaum stärker, als hätte ich eine gewöhnliche Filterlose inhaliert. Keine Halluzinationen jedenfalls, keinerlei besonderen Erfahrungen oder gar Erkenntnisse. »Ich spüre überhaupt nichts«, hatte ich zu Kristyna-Oma gesagt und gefragt, ob ich nicht doch das ganze Ding rauchen sollte, immerhin war der Geschmack angenehm, erinnerte an Koriander. Doch Kristyna hatte abgewunken. »Wir«, hatte sie gemeint, »wollen es nicht übertreiben.« Ich solle ihr vertrauen, fürs Erste reiche eine halbe Able vollauf.

»Schon gut«, beschwichtigte sie nun, da ich noch immer nicht auf ihre Frage reagiert hatte, was mit dem Postboten gewesen war. »Hat er was Interessantes gebracht?«

Ich bemerkte den kleinen Packen Papier unter meinem Arm. Versuchte, mir die Überraschung nicht anmerken zu lassen, prüfte eilig, was ich denn da hatte.

»Nur Zeitungen … und ein Kuvert für dich. Aus … Kampala. Wo ist Kampala, Oma?«

»Ist die Hauptstadt von Uganda. In den Urwäldern dort wurden früher die Tarzan-Filme gedreht.«

Ich betastete den gewölbten Umschlag. »Da ist irgendwas Hartes drinnen.«

»Mach ruhig auf.«

Ich zerriss den Umschlag. Entnahm ihm ein schwarzes, kautschukartig festes Ding, das die Form eines in der Sonne geschmolzenen Schokoriegels hatte. Ich betastete das Stück, drehte es zwischen meinen Fingern. »Riecht gar nicht schlecht, irgendwie erotisch. Nach Moschus.«

»Meine Enkelin hat ein feines Näschen«, sagte Kristyna. Zum ersten Mal nannte sie mich so, Enkelin.

»Und wonach, findest du, riecht es noch?«

Ich hielt mir das Ding abermals unter die Nase. Kristyna-Omas Mundwinkel zuckten. Und da kam mir der erste Verdacht.

»Kristyna! Was ist das?«

»Ugandischer Büffelpenis«, antwortete sie. »Getrocknet. Aus der Gegend von Bukuku. Ein alter Freund schickt mir immer wieder einmal einen. Ist in dieser Qualität gar nicht so einfach zu kriegen.«

Sprach's und ging, spazierte durch den Blumengarten zur Veranda. Mit ausladendem Hüftschritt und die Hände in den Vordertaschen ihrer Jeans.

Als flanierte nicht eine Oma, sondern ein Model durch die Botanik, ein Naturtalent von Model, eines, dem das Flanieren nun einmal ureigen ist und das daher nicht weniger lässig und nicht weniger leger zu flanieren vermag, als eben derart lässig und leger.

Ich stand noch immer da, sah ihr hinterher, die Zeitungen unterm Arm und zwischen spitzen Fingern ihr afrikanisches Poststück.

»Na komm schon, Enkelin!«, rief sie, »ich mach uns Kaffee.«

Die Minuten des Wartens auf Kristyna-Oma taten mir gut, das Einfach-bequem-in-ihrem-Schaukelstuhl-Sitzen, die Wahrnehmung meines Körpers, seiner entspannten Schwere und Leichtigkeit zugleich.

Die Veranda, der Schaukelstuhl und ich – wie aus Wachs hingegossen. Wie zu einem Stück geworden. Und nun begann auch der Garten in mich überzugehen und ich in ihn, und die Wiese, der Wald, der Himmel.

»Ich brauch jetzt dringend einen!«, rief Kristyna und trat aus dem Haus. Wie aufgekratzt sie war! In ihrem Gesicht eine kindliche Vorfreude, ein Wie-gut's-die-Welt-heut-meint-mit-mir.

Etwas zu schnell stellte sie das Tablett auf dem Verandatisch ab. Die Tassen klirrten aneinander, aus der dampfenden Espressokanne schwappte Kaffee, doch Kristyna nahm davon keinerlei Notiz. Kein »Hoppala!« oder »Ups!« oder gar »Upsi!« entkam ihr, nichts, womit sie ihr Missgeschick kommentiert und damit unterstrichen hätte – was viele doch oft tun. Die geringste Unbeholfenheit, die kleinste, auch noch so beiläufige Ungeschicklichkeit wird – »Hoppala!, »Ups!«, »Upsi!« – verlautbart, damit sie rundum auch garantiert niemandem entgeht. Männern würde das nie einfallen. Die überfahren ein Wildschwein und heben bloß die Augenbrauen. Ist doch so. Passiert denen was, tun sie, als wäre nichts geschehen.

Großmutter hielt es ebenso. Beidhändig nahm sie die Kaffeetassen vom Tablett, stellte sie vor uns auf den Tisch, schenkte schwungvoll ein und war schon ganz im Erzählen: »Heute Morgen«, sagte sie, »bin ich ganz zeitig und ohne vorher was zu essen oder zu trinken in den Wald, es war eine so schöne Stimmung! Das Licht brach sich durch die Wipfel und die Waldfarben sind nur so auf mich eingeschossen. Soll ich dich beim nächsten Mal mitnehmen? Weißt du, bei Sonnenaufgang ist die Atmosphäre im Wald so richtig erhebend.

Erhebender als in jeder Kathedrale. Und ich war in vielen Kathedralen.« Genießerisch streckte sie die Beine aus, rieb ihre nackten, erdfeuchten Füße aneinander, streifte mit der Sohle des einen Fußes Fichtennadeln vom Knöchel des anderen.

»Malina, Schatz«, sagte sie nach einer Weile, während der wir nebeneinander unseren Kaffee geschlürft hatten, »bist du so lieb und machst heute allein für uns das Frühstück, ich hab einfach keine Lust.« Noch während sie sprach und bevor ich auch nur die Möglichkeit zu antworten hatte, schob sie sich einen zweiten Sessel zurecht, überkreuzte die Beine darauf, lächelte mit offenem Gesicht, ließ ihre Unterarme auf die Lehnen des Sessels sinken und seufzte ein befreites »Ahhhhhhh!«

Für gewöhnlich erwachten Großmutter und ich etwa zur selben Zeit, begegneten uns unabgesprochen im Badezimmer und putzten die Zähne – nebeneinander vor dem Spiegel stehend wie gute Freundinnen. Oder wir trafen uns in der Küche und bereiteten nach dem Erste-Hilfe-Aufwachkaffee unser Frühstück zu, das wir dann in aller Gemächlichkeit auf der Veranda zelebrierten. Wir genossen den holzigen Duft des Krustenbrots, die schmelzenden Honigwaben und machten es uns zum Sport, alle dafür geeigneten und scheinbar ungeeigneten Speisen mit selbst gepflückten Beeren zu kombinieren, Müsli etwa (nach ausgiebigen Experimenten definitiv am besten mit Ribiseln), Speckbrot (spannend mit Walderdbeeren), Spiegeleier (ich: getrocknete Brombeeren, Kristyna-Oma: Heidelbeeren).

Zudem gaben wir uns dem Luxus des Frühstückfernsehens hin. Das Programm lief bereits in 3-D-Panorama und Surround-Sound, wenn wir morgens die Tür zur Veranda aufstießen und nach draußen traten. Die Stars der Morgenshow waren Buntspechte, Amseln, Gimpel, Rotkehlchen, waren Meisen, Schwalben, Zaunkönige. Auch die Kulissen vibrierten vor Lebendigkeit: der Gemüsekräuterblumengarten umschwebt von Schmetterlingen, Bienen, Hummeln, umstanden von Apfel-, Birn- und Zwetschkenbaum, und dahinter, geradezu kitschig schön, die kniehohe wilde Wiese und der dunkle Wald.

Man könnte uns für Banausen halten, weil wir inmitten dieser Idylle schon während des Frühstücks begannen, uns die Zeitungen vorzunehmen. Kristyna-Oma und ich aber waren einig, dass es dem Gesamtkunstwerk aus Natur, Garten, Frühstück und uns darin (als in dieses Stillleben hineingeschummelte Frauenfiguren) die entscheidende Pointe verlieh, holten wir doch mit den Zeitungen, Magazinen und Büchern nichts Geringeres als die Welt und sämtliche Geistesgebiete ins Hinterwäldlerische von Großmutters Haus.

Das Lesen begann stets nebenbei, oberflächlich nur wurde die eine oder andere Zeile angesehen, eine Überschrift, ein Bildtext, der Vorspann eines Artikels, vornehmlich aber frühstückten wir noch, bis dann, einmal eher, einmal später, die Zeit kam, da unser Hauptaugenmerk wechselte und also die Lektüre zum Mittelpunkt des Frühstücks wurde. Hin und wieder nur noch nahmen wir einen Happen, in immer größeren Abständen. Und zwischen den Lesestrecken, beinahe ohne hinzusehen, ein womöglich letzter, immer wieder womöglich letzter Schluck nur noch lauwarmen Kaffees. Wenn uns ein Artikel, eine Neuigkeit, ein Gedanke anregte, berichteten wir einander, waren uns gegenseitig Nachrichtenagentur. So tauschten wir Ideen aus, verglichen, wie Themen unterschiedlich analysiert, bewertet, beschrieben wurden und fanden mittels der vielseitigen Wahrheiten zu unserer Interpretation der Wirklichkeit.

Als ich mich unmittelbar nach meiner Ankunft überrascht gezeigt hatte, dass Kristyna-Oma Wissenschaftsjournale und internationale Zeitungen abonniert hatte, reagierte sie erstaunt: Sie müsse doch auf dem Laufenden bleiben! Schon allein aus professionellen Gründen sei das nötig, von Berufs wegen sozusagen. Damals hatte sie mir noch nicht anvertraut, was das in ihrem Fall bedeutete, nur die Happen *von Berufs wegen* und *aus professionellen Gründen* hingeworfen und beobachtet, was ich damit anfangen würde. Dass Oma Drogendealerin war, … nun ja, nicht gerade Drogendealerin, aber Herstellerin und Vertreiberin von, sagen wir … Tabakspezialmischungen, wusste ich freilich noch nicht.

Besonders, sagte Kristyna, interessierten sie die Naturwissenschaften, aber auch Wirtschaft und Politik und »ganz privat« bildende Kunst, insbesondere die Malerei. Nichts sei so spannend, sagte Kristyna-Oma, wie ein Feuilleton-Beitrag über eine gelungene Ausstellung. »Irgendwann einmal werde ich ein berühmtes Gemälde kaufen«, beschloss sie und sah zum Himmel, »einen modernen Klassiker, ein künstlerisch wirklich wertvolles Bild, einen Kandinsky, einen Richter oder Pollock, so etwas in der Art. Oder einen großformatigen Klee, ja, vielleicht auch einen großformatigen Klee.« Sie beließ ihren Blick am Horizont, wandte ihr Gesicht schließlich mir zu und begann zu schmunzeln, breit und breiter. Erheiterte sie die Verrücktheit ihrer Tagträumerei? Oder mein verdutzter Blick? Sicher wusste Kristyna, was derartige Gemälde kosteten, in etwa zumindest musste sie es wissen, schließlich las sie regelmäßig darüber in den Feuilletons. Und obwohl sie mir sehr viel Geld geschickt hatte, sprengte die Summe für ein Werk, wie es Kristyna-Oma vorschwebte, ihren finanziellen Spielraum gewiss bei Weitem.

Sie verkaufte ihre Ables, Sputniks und Godfathers, das hatte ich bald herausgefunden, vorwiegend an einen Freund aus alten Tagen. Er lebte in der Hauptstadt und gehörte, wie er Großmutter gegenüber andeutete, einem illustren Männerbund an, dessen Mitglieder die Vorzüge von sinneserweiternden Tabakmischungen zu schätzen wussten. Außerdem war er Miteigentümer eines elitären Nachtclubs, in dem vorwiegend experimentierfreudige Geschäftsleute und Prominente verkehrten.

Die Ingredienzien, die Kristyna-Oma zur Herstellung ihrer Rauchwaren benötigte, baute sie direkt in ihrem Garten an. Offen und für Laien doch verborgen wuchsen neben harmlosen Mauerblümchen, zwischen Schnittlauch, Sellerie und Maggikraut Gewächse, die es in sich hatten. Stechapfel etwa, der die Sinne erweitere, wie Kristyna versprach, und der zu »kaum bewältigbaren Halluzinationen« führen konnte, wie Wikipedia aufklärte, zu Horrortrips, die aufgrund der hohen Toxizität nicht selten tödlich endeten. Beim Gebrauch des Krautes, erfuhr ich, könne man sich schon einmal auf »Vergiftungssymptome« einstellen, auf »rasenden Puls, Hautrötung, Pupillenerweiterung, Muskelzuckungen, Unruhe, Schluck- und Sprechstörungen, Verwirrtheit, Seh- und Gleichgewichtsstörungen, Herzrhythmusstörungen, Bewusstlosigkeit«.

»Ach was«, sagte Kristyna, das passiere doch nur bei falscher Dosierung.

Anderes aus ihrem Gärtlein verhieß zumindest seinem Namen nach Milde. Aztekensalbei beispielsweise. Ein Blick in einschlägige Internetforen aber reichte, um zu erfahren, was einem beim Konsum des Salbeis der Azteken blühte: Extreme Persönlichkeitsveränderungen, Kontakt zu »anderen Wesen«, Zeitreisen, Gefühl der »totalen Körperverformung«, veränderte Geometrie-Wahrnehmung, Trennung des Bewusstseins vom Körper, Erfahrung paralleler Realitäten, »Denkstopp«, Lachanfälle und generell das Heraustreten aus der bekannten Realität. Sämtliche dieser Wirkungen, dem wundersamen Aztekensalbei sei Dank, würden als klar und »absolut real« erfahren.

Und schließlich gab es in Omas Freiluftapotheke auch noch Pflänzchen mit psychoaktiver Wirkung, deren Namen Harmlosigkeit erst gar nicht vortäuschten. Teufelstabak etwa. Unnötig fast zu erwähnen, dass einen der Genuss des sinnlich anmutenden Krautes, dessen kardinalrote Blüten sich wie gierige Zungen in alle Richtungen strecken, nun ja, in Teufels Küche bringen konnte, ich sage nur »Krampfanfälle«, »Erbrechen«, »Herzrhythmusstörungen«, »Tod durch Atemlähmung«.

Doch auch der Teufelstabak wurde von Großmutter in Schutz genommen: »Wer klug und respektvoll damit umgeht«, sagte sie, »dem wird der Teufelstabak guttun. Wer blödsinnig damit umgeht, dem wird er schlechttun.« So einfach sei das.

Getarnt inmitten der lieblich anzusehenden Gartenvielfalt, der dicht an dicht stehenden Blumen und Küchenkräuter, zog Großmutter wohl ein Dutzend Setzlinge hoch, mit denen man besser nicht blödsinnig umging, sondern überaus respektvoll. Kristyna-Oma tat das; nachgerade fürsorglich und behütend kümmerte sie sich um ihre Pflanzen, liebevoll wie eine Mutter, die gewiss war, dass jedes ihrer Kleinen noch viel, oh wie viel Freude bereiten würde.

Wären sie groß und kultiviert und zögen in die

Welt, geformt als Able, Sputnik, Godfather, würden ihre Sprösslinge die Menschen zudem lehren, dass es mehr gibt zwischen Himmel und Erde als bloß Profit, Eigennutz und Egoismus. Weit, ganz weit würde den Menschen werden ums Herz. Ums verblüffte Hirn sowieso.

»Du meinst mittels«, ich zitierte aus meinen Recherchen, »extremer Persönlichkeitsveränderung, dem Gefühl der Körperverformung, der Erfahrung paralleler Realitäten und der ein oder anderen Herzrhythmusstörung?«

Ach was, sagte Großmutter, ihre Schätze würden Gutes bewirken. Als Rauchwaren würden sie die Köpfe und Seelen der Menschen durchputzen, sie befreien von ihrer Engstirnigkeit, ihrer Engherzigkeit und so für eine mildere Welt, eine aufgeschlossenere Gesellschaft sorgen.

»Jetzt versteh ich, Oma. Du spielst lieber Gott!«

»Göttin«, antwortete sie amüsiert.

Dass ihre Kleinen nichts Böses, sondern ausschließlich Gutes bewirken würden, davon war Großmutter allen Ernstes überzeugt – wie jede liebende Mutter. Und Göttin.

»Kristyna«, versuchte ich es noch einmal, »du machst die Leute high, das ist alles.«

»Innere Schönheit führt zu äußerer Schönheit«,

reagierte Großmutter mit einem ihrer Marketingsprüche. Ich wusste schon, was sie damit meinte. Die Langfassung ihrer Unternehmensphilosophie ging nämlich so: Wenn die innere Welt der Menschen mittels Sputnik, Able und Godfather schön gerate, würden die Menschen auch die äußere Welt zum Schönen wandeln.

»Und das Schönste an der inneren und äußeren Schönheit ist, dass du damit einen schönen Batzen Geld verdienst.«

Kurz war sie verblüfft. »Stimmt!« Vor Vergnügen warf sie den Kopf in den Nacken.

»Aber«, sie hob ihre Selbstgedrehte, »den schönen Batzen Geld verdiene ich nicht wie die anderen mit der Zerstörung, sondern mit der Verschönerung der Welt.«

»Du glaubst das wirklich, Kristyna. Ohne Ironie. Oder?«

»Ja!«, rief sie in hohem Ton, sog an ihrer Gerollten und wippte, etwas schneller als zuvor, in ihrem Schaukelstuhl.

Weil der Garten, obwohl von paradiesischer Fülle, nicht genug Platz bot für Großmutters Business und ihr manche Gewächse selbst getarnt von den anderen Blümchen und Pflänzchen so nahe beim

Haus zu riskant schienen, hatte sie beschlossen, den Produktanbau auszulagern. Drei – nennen wir sie Plantagen – zeigte Kristyna-Oma mir alleine bei einem einzigen Spaziergang. Es waren keine herkömmlichen Beete oder Felder, sie waren nicht rechteckig, in ihrer Form nicht klar umrissen oder gar geharkt und von Unkraut befreit. Es handelte sich um mäandernde Kräuterflecken, die unscheinbar in die Natur eingebettet und wie auf ursprüngliche Weise mit ihr verwoben waren. Jene, auf die Kristyna mich aufmerksam machte, lagen am Waldrand, auf einer Lichtung nahe des Baches und unmittelbar bei einem dunklen, tropfenförmigen Waldteich. Jeder dahergelaufene Spaziergänger, jeder Jäger oder Förster hätte sie bemerken können, wenn, ja wenn er nur die nötige Fachkenntnis besessen hätte von jenen meist unspektakulär aussehenden Gewächsen, die, in Großmutters Rauchwaren gemischt, zu hochwirksamen und überaus kostbaren Spezereien wurden.

Blieben jene Ingredienzien, die weder im Garten noch in der unmittelbaren Gegend gedeihen wollten. Die ließ Kristyna-Oma per Post kommen, aus aller Welt.

Ich betrachtete den getrockneten afrikanischen Büffelpenis. Er lag mitten auf dem Frühstückstisch, zwischen meinem Müsli und Kristynas angefangenem Marillenmarmeladebrot. »Wozu brauchst du den Büffel?« Ich stupste das Poststück aus Uganda mit dem Finger an.

»Für die Godfather. Zwei geriebene Prisen über die gesamte Zigarrenlänge verteilt. Gemeinsam mit dem Gras entfaltet es die optimale aphrodisierende Wirkung, gut für Weiblein und Männlein.«

»Aphrodisierende Wirkung. Für Weiblein und Männlein. Interessant. Aber gemeinsam mit dem was?! Womit entfaltet es seine optimale Wirkung? Dem Gras?!« Das war mir neu. Meinte Großmutter tatsächlich … Gras?

»Du meinst jetzt nicht Gras wie Wiese, oder Kristyna-Oma? Wenn du Gras sagst, bedeutet das Gras, so wie ich glaube, dass es Gras bedeutet, nicht wahr?«

Sie reagierte nicht.

»Oma! Du baust echt Gras an?!«

»Fünfzig Stauden«, antwortete sie. »Mehr brauch ich nicht.«

»Fünfzig?! Fünfzig Stauden Marihuana?!«

»Was willst du? Deine Oma ist Unternehmerin.« Sie legte die *Neue Zürcher Zeitung* zur Seite und schlug mit großer Geste die *Frankfurter Allgemeine* auf.

»Wo hast du das Gras? Wo baust du es an?« Ich blickte mich um. »Fünfzig Stauden! Die sind ja nicht so einfach zu verstecken. Wo pflanzt du das Zeug? Irgendwo im Wald auf einer der Lichtungen? Das muss über kurz oder lang doch auffallen. Du weißt schon, dass das definitiv illegal ist. Deine Kräuter, okay, bei denen ist es nicht so eindeutig, keine Ahnung, wie das genau ist, gesetzlich und so, und die erkennt ja auch niemand so rasch, selbst wenn man sie direkt vor der Nase hat. Aber Marihuana? Klebrig-süß riechendes Marihuana? Und noch dazu fünfzig Stauden!«

Keine Reaktion. Unternehmerin Kristyna – verschanzt hinter der *Frankfurter Allgemeinen*.

»Oma, ich will ja nicht kleinkariert sein oder dir den Spaß verderben, aber damit stehst du mit einem Bein praktisch schon im Gefängnis!«

»Aber geh, nirgends steh ich mit einem Bein. Und praktisch schon gar nicht. Hast du denn vor, deine Oma zu verpfeifen?«

»Ich überleg's mir noch.«

…

»Also Kristyna-Oma, wo hast du das Zeug?«

»Ich dachte, du findest die Sache so schrecklich kriminell?« Sie ließ die Zeitung sinken. »Und jetzt willst du zur Mitwisserin werden?«

Zur Mitwisserin werden. Ich war überrascht, aber die Idee gefiel mir. Kristyna gegenüber aber blieb ich vorerst dabei, empört zu sein, und um sie besorgt.

Weshalb ich mich so anstelle, wunderte sich Großmutter. Gras sei nicht ungesünder als herkömmlicher Tabak oder Alkohol. Und gewiss nicht halb so gefährlich wie manche Medikamente, manche Schmerzmittel etwa, die machten über kurz oder lang tatsächlich süchtig und plemplem. Es komme bei Gras wie bei allem anderen schlicht und einfach auf die vernünftige Dosierung an. Außerdem sei Gras nun einmal der optimale Geschmacks- und Wirkungsträger für die Godfather. Der optimale *Geschmacks- und Wirkungsträger*. Großmutter hatte sich die Sache offensichtlich gründlich überlegt. Ohnehin werde Gras, fuhr sie fort, bald nur noch in den rückständigsten, superspießigen Ländern verboten sein. Mehr und mehr Staaten, ich würde schon sehen, würden Cannabis früher oder später legalisieren.

»Mag sein«, konterte ich, »aber hierzulande steckt die Polizei nun einmal selbst Omas kurzerhand hinter Gitter, wenn sie bei ihr im Gemüsegarten fünfzig, fünfzig, Kristyna!, fünfzig Stauden Marihuana entdeckt.«

Sie zuckte nicht einmal mit den Schultern, entließ ihren geschlossenen Lippen bloß ein gespielt blasiertes *pfffft*.

»Was heißt *pfffft*, Kristyna?«

»Enkelin, wegen der Polizei musst du dir keine Sorgen machen. Wenn du wüsstest, welcher Polizist meine Schätzchen zu schätzen weiß, würdest du staunen.«

»Vielleicht der Dorfpolizist hinterm Wald?«

»Ja. Aber der oberste Dorfpolizist«, sagte sie. »Und nicht der hinterm Wald, sondern der oberste Dorfpolizist in der Hauptstadt. Der Polizeidirektor dort, außerdem der Generaldirektor für die öffentliche Sicherheit, der Kabinettschef des Innenministers, der Innenminister selbst, du weißt schon, der kleine Dicke. Und keine Ahnung, wer noch alles.«

Ich starrte sie an.

Obwohl ich dachte, Kristyna schon gut zu kennen, wusste ich nicht zu sagen, ob sie mich auf den Arm nahm. Manchmal behauptete sie mit einer überzeugenden Beiläufigkeit etwas, das sich wenig später als bloßes Gedankenexperiment erwies, als Idee, die Kristyna auf ihr Wirklichkeitspotenzial prüfte, indem sie sie in die Welt warf. Sie meinte, nichts sei unmöglich, einfach deshalb, weil nichts undenkbar sei. Lasse sich etwas denken, trage es bereits den Keim des Möglichen in sich.

Abends einmal, wir hatten uns schon zwei, drei Gläser Rotwein gegönnt, wurde sie geradezu lyrisch: »Jedem Gedanken«, sagte sie, »wohnt sein Wahrwerden inne.« Sie stockte, ergänzte: »Das Wahrwerden in dieser Welt. In der anderen, größeren, ist das Wahrwerden einer Idee ja gar nicht mehr nötig.« Ihre Wangen glühten. »Weil in der größeren Welt, in jener der Gedanken und Gefühle, vielleicht ja auch in jener der Literatur, stimmt's, Malina, ist alles wahr, sobald wir es für uns empfinden. Verstehst du? Augenblicklich in der Welt ist es dann. *Wirkmächtig*, würde in den Feuilletons geschrieben.« Vergnügt kräuselte sie die Lippen. »Und, Enkelin, noch was, ich bin sicher, diese Welt ist nicht weniger real, nicht weniger *wirkmächtig* als unsere gewohnte.«

Wie stark mein Herz schlug, ich weiß nicht warum, in diesen Momenten. Selbst jetzt, da ich davon schreibe, wird mir eigenartig zumute. Und wie nah ich mich ihr fühlte! Und wie nah auch mir selbst! Und weil ich es ihr sagen mochte und weil das Größte, was mir denkbar schien, dies war, sagte ich: »Welch großartige Romanfigur du abgäbest, Kristyna-Oma.«

Ihr Gesicht war weich geworden. Schließlich sagte sie: »Nicht halb so großartig wie du, Malina.«

Wir lächelten, verlegen beide, lachten dann auf, verzückt und auch erleichtert, wie zwei Mädchen, die ihr Lebendigsein genießen durften, ihre Träumereien.

»Malina«, sagte Kristyna nach einer Weile in die Stille, »wenn du heute Abend beim Schach gewinnst, stelle ich dir, wenn du schon so heiß drauf bist, jede einzelne Hanfstaude persönlich vor.«

Ach ja … das Gras. Natürlich. Daran hatte ich gar nicht mehr gedacht.

»Alle fünfzig Stauden«, betonte sie, »das ganze Feld.«

»Das ganze Feld«, wiederholte ich.

Ich versuchte, es mir vorzustellen. Das Feld, das ganze Feld. Meine Oma, die Biobäuerin und ihr bis zum Horizont reichendes Marihuana-Feld.

»Gilt die Schach-Abmachung?«

»Klar, Kristyna-Oma, gilt. Einverstanden. Deal.«

Es machte mich durchaus misstrauisch, doch nicht so sehr, wie es angebracht gewesen wäre, dass Kristyna mir ausgerechnet diese Wette vorschlug. Wir hatten schon öfters Schach gespielt. Sie hatte kein einziges Mal gewonnen.

- 21 -

Matt war ich nach vierzehn Zügen. Vierzehn!

»Mach dir nichts draus«, sagte sie, »ich zeig dir die Stauden trotzdem.«

»Wie zum Teufel hast du das gemacht? Hast du geschummelt?«

»Geschummelt? Beim Schach? Wie soll das gehen?«

»Vielleicht hast du eine Figur verschoben, als ich nicht hingesehen hab.«

»Eine Figur verschoben? Als du nicht hingesehen hast?« Sie bedachte mich mit einem Blick, als zweifelte sie an meiner Intelligenz.

»Na schön. … Also, Kristyna-Oma, wie hast du es gemacht? Wieso hast du ausgerechnet heute zum ersten Mal gewonnen? Heute, da es zum ersten Mal um etwas gegangen ist?«

»Gutes Timing, gell?«

Ich grrrte sie an.

»Enkelin, entspann' dich. Reines Glück, es war reines Glück«, sagte sie, »Wirklich. Nur Zufall. Beim nächsten Mal gewinnst du wieder … Wenn es um nichts geht.«

»Du Biest!«

Sie genoss ihren Spaß, schob den Sessel zurück. »Ich hol uns noch eine Flasche Wein.«

Großmutter und ich hatten bald nach meiner Ankunft in einen lockeren Tagesrhythmus gefunden. Genauso musste Urlaub sich anfühlen: Ausgedehnt frühstücken, gemeinsam lesen, uns austauschen über Zeitungsartikel und Bücher, Kaffee trinken, literweise Kaffee!, im Garten die Beete pflegen (»Geschickt stellst du dich an, Malina!«), nackt, nur im Bikiniunterteil, in der Sonne braten, zur großen Lichtung radeln, zwei japsend schnelle Runden im jedes Mal eisig beißend mich überfallenden Waldteich, ausgedehnte Spaziergänge, anfangs zu zweit, bald auch alleine, abends gemeinsames Kochen, die ein oder andere Flasche Rotwein, Rauchen, ja, mein Gott, warum auch nicht, Schach spielen, und nachts dann wolldeckenumhüllt in der Hängematte, den Blick zu den Sternen, eintauchend in deren Zwischenräume, den bodenlos sich in mir auftuenden Zwischenräumen.

Dieser Art zergingen die Tage.

Mit Kristyna verstand ich mich blind. Als wäre sie eine Freundin aus Kindheitstagen. Und die Sache mit Jakob, die kurz gedroht hatte, zwischen uns zu stehen, erledigte sich wie nebenbei, ich kann gar nicht genau sagen wie. Vielleicht war es ab der Nacht, in der ich Großmutter so eindeutig gehört hatte in ihrem Zimmer. Es musste ja nicht Jakob gewesen sein bei ihr, muss es wirklich nicht, aber seit dem Morgen danach, ich glaube, ab da war nicht mehr dieses Freuen auf ihn, nicht mehr dieses übermütige Gefühl. Womöglich sollte mich meine neue Nüchternheit ja auch davor bewahren, enttäuscht zu werden. Es war ohnehin kindisch, dieses Gefühlsgeflunker zwischen Jakob und mir, noch schlimmer: Vielleicht war es ja nur ein Gefühlsgeflunker von mir für ihn! Oder er ist mir bloß zurecht gekommen als Ablenkung von Christian. Denn ganz so selbstverständlich fühlte sich die Entscheidung ja doch nicht an, mich von ihm zu trennen. Die *Ent-Scheidung*. Absurdes Wort, hier in diesem Zusammenhang. Als wollte es mich zum Narren halten, dieses Wort. Ach was, ich denke schon wieder zu viel, sollte das sein lassen. Wenn Denken ohnehin zu nichts führt, ist es doch unsinnig. Wie Wind auf leerer See. Schäumt bloß wichtigtuerisch das Wasser zu Wellen auf. Anstatt anderswo ein Segelschiff voranzutragen. Kitzelt nur die Rückenflossen der Fische. Behelligt bloß die Algen, das Plankton, die Meeresfarbe. Ja, unsinnig und absurd ist denken, wenn es zu nichts führt, außer zu neuem und immer wieder neuem Denken. Wie Träume, die bloß neue Träume heraufbeschwören, ist denken dann. Wie ein Tag, der zum nächsten führt.

Wo war ich? Jakob. Tage hatte er sich schon nicht mehr blicken lassen, keine Ahnung wie viele. Wäre ja noch schöner, wenn ich darüber Buch geführt hätte. Jedenfalls war es mir durchaus recht, dass er schon so lange nicht mehr da war, was heißt recht, egal war es mir. Er baute vermutlich gerade eine seiner Hütten. Dabei nötigte ihn auch niemand, sich zu öffnen, keine Menschenseele erwartete dabei von ihm, nicht einmal insgeheim, dass er den Mund auftat endlich einmal. In a-a-a-aller Ruhe und Abgeschiedenheit konnte er vor sich hin werken. Schweigsam baute er seine Hütten. In stiller, männlicher Dramatik. Sollte er. So, wie es nun zwischen Kristyna-Oma und mir war, so war es gut. Hütten. So was Blödes aber auch.

Ich beobachtete Großmutter vom Garten aus. Sie las. Eigenartig – wäre ich von ihr nicht zum Schachspielen aufgefordert und so ans Marihuana-Feld erinnert worden, ich wäre wahrscheinlich nicht mehr darauf zu sprechen gekommen. Wie schnell Dinge in Vergessenheit gerieten, nein, wie schnell *ich* Dinge in Vergessenheit geraten *ließ*. Dinge und

Ereignisse, von denen ich kürzlich noch meinte, sie seien wichtig! Sagte das etwas über die Bedeutungslosigkeit der Dinge? Die Bedeutungslosigkeit von allem? Oder bloß etwas über meine Schusseligkeit?

Hatte ich mir nicht, vor Kurzem erst, in den Kopf gesetzt, Kristyna-Oma nach ihrer Vergangenheit zu fragen? Wollte ich nicht dahinterkommen, weshalb Vater und Mutter sie all die Jahre totgeschwiegen hatten? Der Zweck meiner Fahrt zu ihr war doch gewesen, herauszufinden, wer sie war. Durchaus nahm ich an, damit auch etwas über mich zu erfahren. Seit jeher wollte ich mir selbst auf die Spur kommen, traute mir nicht, wollte verhindern, dass ich mich einlullte vor mir, wollte herausfinden, warum ich war. Oder wenigstens herausfinden, warum ich war, *wie* ich war. Anderen schien das bedeutungslos, sie nahmen sich wie gottgegeben. Waren einfach, was sich ohne großes Zutun so ergab. Waren, wie es sich seit jeher ergeben hatte. Und ergeben würde, immerdar.

Ich dagegen, typisch, machte mir hochfliegende Gedanken und scheiterte indes an Banalem, hatte es noch nicht einmal geschafft, Kristyna zu fragen, warum sie ausgerechnet mir so viel Geld hatte zukommen lassen. Schließlich waren da noch andere Enkelinnen.

Ich wollte die Augen nicht von Großmutter lassen. Was war es, das Kristyna so attraktiv machte? Mein Blick hüllte sie ein, ließ sie nicht mehr los, unmöglich, dass sie es nicht spürte.

Sie sah nicht auf, doch ihre Augenbrauen zuckten, vermutlich des Gelesenen wegen. Für mich aber war da noch etwas, für mich war dieses kleine Heben und Senken der Augenbrauen eine Einladung. Gleich dem flüchtigen Öffnen eines Fensters, das es erlaubte, näher zu treten und sich weit, möglichst weit ins Freie zu strecken, aus der Enge eines Zimmers.

Großmutter war an keine Äußerlichkeiten gebunden, in diesem Moment erkannte ich es. Sie war im Laufe ihres Lebens nicht attraktiv *geblieben*, sie war es *geworden*. Tag für Tag eine neue Schönheit.

Kristyna mochte Falten haben, ihre Wangen mochten nicht mehr die Spannung der Jugend, ihre Muskeln nicht mehr die Kraft früherer Tage besitzen, doch wie irrelevant. Sie war unbändiger Sturm, wenn ihr nach Sturm war, und anderntags, ich sah sie an, war sie Leichtigkeit, gewebt aus feinem Tuch.

Abermals hoben und senkten sich ihre Augenbrauen. Und unmittelbar darauf sah sie von der Veranda zu mir, mit einem Blick, der keine großartigen Geheimnisse barg, sie hatte wohl einfach ganz zufällig, jetzt eben, aufgesehen von ihrer Lektüre. Fragen sind gar nicht nötig, dachte ich. Um zu erfahren, reichte es, den Kopf raus, weit rauszustrecken ins Leben. Im Grunde war es unkompliziert und anspruchsvoll zugleich, im Grunde war es wie in jenen Romanen, die mir so viel gaben. Auch dort lag das Kostbare, das zu Entdeckende von Anfang an unverhüllt bereit, in klaren Sätzen, als Silbenfolge, Melodie, als Klang und Wiederklang, oft auch schlank zwischen den Zeilen. Lebendig aber wurde es erst durch mich. Lesend erweckte ich es.

Es war eine Hingabe, die mir umgehend belohnt wurde. Denn nie im Leben wäre ich auf die Idee gekommen, danach zu fragen, worauf ich lesend Antworten bekam. Jäh war zuvor gänzlich Fremdes in mir; hell und leuchtend und selbstverständlich, mit einer mich staunend machenden Präsenz.

Plötzlich ein Hieb. Gleich darauf noch eine harte Welle, brandend gegen meine Schläfen. Haltsuchend streckte ich die Arme aus. Bekam den Schwengel des Pumpbrunnens zu greifen. Es wurde … wurde … schon besser, die Welle … beruhigte sich. Ich spürte ihr Niedersinken, sah sie förmlich; als betrachtete ich aufgerührtes Wasser.

Ruhig, nur ganz ruhig. Nicht fallen, nur nicht fallen. Ja, so ging es. Es ging schon wieder.

Heute war es aber auch besonders heiß. Die Luft stand als massiges, schwitzendes Tier im Garten, tief gebeugt über alles und mich. Selbst Kristyna, die sonst so aktive, über ihre Beete und durch den Wald jagende Kristyna, ging es heute ruhiger an, hatte sich noch nicht wegbewegt aus dem Schatten der Veranda.

Sie saß im Schaukelstuhl, blätterte gerade in einer großformatigen Zeitung. Wie langsam es geschah, welch maßlos weite Strecke das Blatt noch vor sich hatte. Als begäbe es sich, gelenkt von Großmutters Hand, auf eine ungewisse Reise, als höbe sich, unsäglich träge, der Flügel eines seidenpapierenen Drachens.

Da erinnerte ich mich, als hätte ich all das schon einmal erlebt. Und als wären deshalb keine Fragen nötig. Nun dachte ich auch an ein Buch, das ich gelesen hatte, eines, das mir sehr wichtig gewesen war und das ich daher, damals war ich sicher, nie vergessen würde – bis ich es später dann zufällig fand, unter anderen – und dadurch erst bemerkte, dass ich es gänzlich vergessen hatte. Ich hob es vor mein Gesicht und blies Staub ab, schüttelte den Kopf über mich, lächelte, weil mir der Inhalt wieder gegenwärtig wurde.

»Oma, erzähl mir was von dir.« Ich setzte mich zu ihr auf die Veranda, schenkte aus der Karaffe Wasser in ein Glas, trank es in einem Zug aus. »Erzähl mir was, irgendwas aus deinem Leben.«

»Was interessiert dich denn?«

»Alles. Ich will alles wissen. Fang einfach an zu erzählen. Warst du zum Beispiel einmal Model?«

Meine Frage, es war Kristyna-Oma anzusehen, schmeichelte ihr.

»Wie kommst du denn darauf, Malina?«

»Manchmal, weißt du, manchmal da gehst du so, schwebst du so, na ja, beinahe … lasziv durch die Gegend. Nein, wirklich, es sieht gut aus! Jedenfalls hab ich mir das schon ein paarmal gedacht, als du durch den Garten spaziert bist, dass du dabei wirkst wie ein superprofessionelles Model, weißt du, eines, das gerade privat unterwegs ist, aber trotzdem diese Eleganz hat, diese Art zu gehen, ja, es hat eben wirklich ausgesehen, als ob da ein Model geht.«

…

»Wie süß, Oma, du bist verlegen.«

»Hast mich erwischt, Enkelin.«

»Es stimmt also? Du warst wirklich Model!«

»Ja«, sagte sie belustigt. »Ich war einmal Model.« Und gleich darauf, nun sachlich, und wie das Thema ein für alle Mal abschließend: »Aber nur kurz.«

»Erzähl, Kristyna!«

Das machte ich ganz gut, ich war ausgefuchst: Je nachdem, was ich von Großmutter wollte, nannte ich sie Oma, Kristyna, Kristyna-Oma oder, nüchtern streng, Großmutter.

»Na komm schon, Kristyna! Erzähl mir davon, das interessiert mich, kannst du dir doch vorstellen!«

»Ach, in Wirklichkeit war es nur ein Auftritt, ein Gelegenheitsauftritt. An einem Abend in Neapel, da sah mich der Manager des Casinos und engagierte mich spontan. Ich wackelte relativ unbekleidet über einen Laufsteg, bekam eine gar nicht so schlechte Gage und das war's. Anfang und Ende der Modelkarriere.«

»Hat es sich gut angefühlt?«

Sie sah mich an. Diese selbstbewusste, trotz ihres Alters moderne Frau sah mich an und dabei wie durch mich hindurch. Im Spiegel ihrer Augen sah ich die Szene, damals in Neapel, als sie über den Laufsteg schwebte und alle Blicke auf sich zog.

»Es hat sich gut angefühlt, stimmt's?«

»Ja«, sagte sie und lächelte, »ja, es hat sich gut angefühlt.«

Im denkbar ungünstigsten Moment wurden wir unterbrochen. Ein Geländewagen bremste vorne am Weg. Er wirkte, als wäre er nicht groß konstruiert, um Großes zu transportieren, sondern um Eindruck zu schinden. Das Auto parkte hinter den Holunderstauden und in der eigenen Staubwolke, die sich zeitverzögert herangewälzt hatte, den Wagen verschlang und nach und nach erst freigab, indem sie, müde und seiner überdrüssig, zu Boden sank.

Kristynas Gesichtsausdruck war eisig geworden. Sie ließ die Zeitung auf den Tisch sinken, schob sie mechanisch, halb nur, beiseite, den Blick ausschließlich auf diesen Wagen gerichtet. Dann griff sie erneut nach der üppigen Wochenendausgabe, fächerte und faltete sie mit der routinierten Fingerfertigkeit einer Vielleserin zu einem Paket und legte den Papierziegel so auf den Tisch, dass er griffbereit über dessen Kante hinausragte.

»Geh ins Haus«, sagte sie.

Freilich ging ich nicht ins Haus, versuchte stattdessen zu sehen, wer da eben aus dem Range Rover, Land Rover, Dodge oder welchem Kübel auch immer stieg. Ein Mann war es, groß gewachsen, älter schon.

»Ernsthaft, Malina«, sagte Großmutter, »geh ins Haus und versteck dich. Hörst du?«

Ihr Seitenblick schreckte mich.

»Wirklich, Malina, er darf dich nicht sehen.«

Verdammt, schlagartig hatte ich tatsächlich Herzklopfen. Kamen jetzt die Großdealer aus der Stadt? Kristynas zwielichtige Geschäftspartner? Die Russenmafia? Der Geheimdienst?

»Verschwinde!«, zischte Kristyna, sah mich nicht mehr an, fixierte nur den Weg. »Keine Sorge, alles okay, Malina. Aber verschwinde! Verschwinde jetzt. Schnell!«

Ich weiß nicht mehr, ob ich tatsächlich ins Haus robbte oder bloß tief gebückt hineinhuschte. Jedenfalls verschanzte ich mich in der Küche, ging in Position, spähte nach draußen. Hier, beim Fenster, hinter der Küchenzeile, hatte ich noch schlechtere Sicht zum Wagen als von der Veranda aus. Aber ich hörte, dass der Motor nicht mehr lief. Die Wagentür wurde zugeschlagen.

...

Doch nichts. Nichts geschah.

...

Niemand kam.

Ich spähte zu Kristyna auf die Veranda. Sah aus spitzem Winkel ihre Rückenansicht. Klar, das hatte in dieser Wildwest-Szene noch gefehlt, soeben hatte sie sich eine Filterlose angezündet.

- 22 -

Verdammt, wo war der Typ? Noch immer nichts zu sehen. Er musste doch längst irgendwo auftauchen.

Kristyna rührte sich nicht.

Saß da.

Mit ruhigen Bewegungen rauchte sie.

Wie schmal ihre Schultern waren, wie zerbrechlich. Es gab mir einen Stich. Meine liebe Oma. Sie saß da draußen, spielte auf cool. Und hatte dabei sicher Angst wie ich.

Und wo war dieser Scheißtyp? Dieser Scheißtyp aus dem beschissenen Scheißwagen? Verdammt! Ich sah zur Seite und griff nach dem größten Messer im Messerblock. Ich stürme raus, angsteinflößend brüllend stürme ich raus und mach ihn fertig – die Szene stand klar vor meinen Augen. Ich würde es machen, würde es machen! Mein Puls raste. Ich atmete, flach und hektisch, aber leise, versuchte, leise zu atmen, durfte mich … mich nicht verraten. Meine Finger spannten sich um den Griff des Messers, ich schwitzte wie verrückt, es schoss mir aus allen Poren, scheißegal, ich war bereit, ich war verdammt bereit, ich würde diese Sau abschlachten, bevor er meiner Oma was tat.

Da hörte ich …

… ein Scharren.

Ein Scharren?

…

Ein Schleifen.

Ein Schleifen und Scharren. Ich reckte den Hals. Und da sah ich. Auf dem Weg, der von der Sandstraße zur Veranda führte, auf diesem Weg zwischen den Blumenbeeten, den Kräutern und dem Gemüseallerlei, kroch ein Mann. Kroch auf allen vieren. Er trug einen Hut, das fiel als Erstes auf. Einen Jägerhut. Samt Gamsbart oder was auch immer das für ein … Gebüschel war, das da im Rhythmus seines Kriechens auf und ab und hin und her wackelte.

Kristyna war aufgestanden. Sie hatte einen Sessel bei der Lehne genommen und ihn nach vorne ans Ende der Veranda über die Holzplanken geschleift, ihn dort abgestellt, wo der Weg endete, den dieser … dieser Mann, dieser Geländewagenprotzer und Gamshutwackler entlanggekrabbelt kam. Wer war dieser Typ? War das der örtliche Jäger? Der Förster?! Oder irgendein anderer Verrückter?

Kristyna hatte sich gesetzt. Aufrecht, sehr aufrecht saß sie, mit übergeschlagenem Bein. Ihre Unterarme ruhten auf den Sessellehnen. Ab und zu nur führte sie die Filterlose an ihre Lippen, zog daran und ließ den Rauch aus ihrem Mund wabern. In der andern Hand hielt sie die zusammengefaltete Zeitung, den Papierziegel.

Kristyna rauchte, der Kriecher kroch. Ich sah ihn nun von der Seite, er trug eine Joppe (bei dieser Hitze!), aber gut, einen dicken Filzhut trug er ja auch. Und eine Knickerbockerhose aus mausgrauem Tweed. Schade, die Hose reichte knapp über seine Knie, er würde sie sich beim Kriechen auf dem Weg nicht schrundig reiben. Vielleicht wetzte er ja zumindest den Hosenstoff durch. Ja, zumindest der Stoff sollte reißen. Diese sadistische Seite, interessant, die kannte ich noch gar nicht an mir. Die Backen des … Herrn waren glatt rasiert. Er schnaufte und Schweiß tropfte von seiner Nase. Hin und wieder hielt er inne, fuhr sich mit den Knöcheln über die Augenlider. Die Nummer strengte ihn ganz offenbar an.

Der Kriecher kroch, Kristyna rauchte. Zwei, drei Meter noch, dann würde er vor ihr im Staub liegen. Stiefel! Hohe, glatt polierte Lederstiefel wären jetzt gut, dachte ich. Überlegte, ob welche im Haus wären und ich sie rasch zu Großmutter bringen könnte. Das wäre es: Lederstiefel. Der Typ sollte Großmutters Lederstiefel lecken! Er kroch auf Oma zu, den Kopf gesenkt. Kristyna rauchte, der Kriecher: kroch.

Als er bei ihr angekommen war, schnippte Kristyna den Rest der Filterlosen über ihn hinweg ins Gemüse.

Sie blies einen letzten Schwall Rauch aus, diesmal heftig und den Kopf dabei in den Nacken legend. Der Kriecher hielt auf allen vieren inne. Ein Hund. Ein großer, absurder Hund. Kristyna schlug das andere Bein über. Als wäre ihm das ein gelernter Befehl, schob der Typ seinen Körper nach vorne, ohne die Pfoten zu bewegen. Weiter und weiter reckte er sich zu Kristyna-Omas Bein, kam dabei ins Zittern, Schwanken. Gleich fällt er kopfüber hin, dachte ich. Er schnaufte, wich zurück, versuchte es aufs Neue. Die Pfoten zu bewegen war ihm offenbar nicht gestattet. Er mühte sich redlich, strengte sich an, vergebens. Da kam ihm Kristyna ein klein wenig entgegen. Wie dankbar er war. Überschwänglich, als bedeutete es für ihn das Glück dieser Erde, küsste er Großmutters Fuß.

Wäre es nach mir gegangen, ich hätte ihn noch ein Weilchen machen lassen. Gar so oft trifft man nicht auf ein derart motiviertes Hündchen.

Der Typ, mittlerweile, ich gebe es zu, stand ich auf seinen Jägerhut und den darauf wackelnden Gamsbart, war leidenschaftlich bei der Sache. Oma schien es genug. Mit einem knappen Kommando schickte sie ihn weg. Ohne aufzusehen machte er auf allen vieren kehrt und schlurfte zurück Richtung Auto.

Die Zeitung, dachte ich, was ist mit der zu einem festen Packen zusammengefalteten Zeitung? Die ist ja gar nicht zum Einsatz gekommen. Hat Kristyna-Oma denn die Zeitung vergessen?! Der Zeitung musste in dieser Nummer doch eine Rolle zugedacht sein! Oma hat die Zeitung vergessen! Ich klopfe an die Fensterscheibe, leise, aber doch so, dass sie es hört, und deute ihr. Wäre doch zu schade um die Sache mit der Zeitung! Mein Gott, was mir alles einfiele mit dieser Zeitung! Schon hatte ich die Knöchel an der Scheibe, da erhob sich Großmutter. Ohne Eile ging sie ihrem dressierten Freund hinterher. Auf halber Strecke etwa hatte sie ihn eingeholt. Ja!

- 23 -

»Und, hattest du deinen Spaß?«

»Wahnsinn, Oma! Wer war dieser Typ?«

»Nur mein Vermieter.«

»Dein Vermieter? Du meinst, der Graf, dem das Haus gehört? Und der Wald und überhaupt die ganze Gegend hier?«

»Mhm.«

»Gehst du immer so mit ihm um? Ist das üblich so zwischen euch?«

»Nur wenn er ungezogen war.«

»Ungezogen. Das Wort hast du jetzt aber aus einem Domina-Film oder so.«

»Oder so, ja.«

»Und was hat es angestellt, das Gräflein? Warum musstest du ihn bestrafen?«

»Das wird er dir selbst erzählen. Ich hab mir gedacht, das mache ich noch zum Teil seiner Strafe.«

»Wie meinst du das, er wird's mir erzählen? Wann? Wo? Wieso? Du, Oma, … ich glaube nicht, dass ich den Herrn näher kennenlernen möchte.«

»Heute Abend. Du lernst ihn heute Abend kennen, er ist zum Essen eingeladen.«

- 24 -

An dem Tag, an dem der Graf angekrochen kam, begann ich alles aufzuschreiben, mir Notizen zu machen. Großmutter mochte sich ein berühmtes Gemälde zulegen, ich aber würde mir ein Buch schenken. Ich würde eine Autorin bitten, keinen Autor, hatte auch schon eine Idee, welche, meine Lieblingsautorin natürlich, ihr ließe ich freie Hand. Am Ende nur und nicht, wie es üblich ist, am Anfang, sollte sie diese meine Geschichte, diesen meinen Roman, mir widmen. Schon klar, Schriftsteller pochen immer auf Unabhängigkeit, auf künstlerische Freiheit, selbst wenn's eine Auftragsarbeit ist und sie gut dafür bezahlt werden. Aber *Für Malina*, das musste drinnen sein, dass die Autorin das am Ende hinzuschrieb. *Für Malina. Zur Erinnerung*. Oder: *Für Malina. Zu ihrer Erinnerung*. Das wäre sogar noch besser, weil zweideutig. Zweideutig macht sich sowieso immer gut in Romanen. Von mir aus muss es auch nicht unbedingt am Ende stehen, irgendwo mitten drinnen im Text reicht im Grunde genauso. Aber stehen muss es, irgendwo.

»Sollten wir nicht langsam zu kochen beginnen, Oma?«

»Wieso?«

»Du hast doch deinen Vermieter zum Essen eingeladen. Den hochwohlgeborenen Krabbelgrafen. Schon vergessen?«

»Ach so. Er wird das Essen bringen, ich hab ihm angeschafft, er soll ein paar fangfrische Forellen und Karpfen besorgen. Hat Tonnen davon in seinen Teichen.«

»Fein, ich mag Fisch! Haben wir Weißwein eingekühlt? Bei der Hitze sollte er unbedingt ganz kalt sein.«

»Bringt er gekühlt mit. Ich hab Sauvignon Blanc und Welschriesling bestellt.«

»Ernsthaft? Den Wein bringt auch er?«

»Alleine die Fische wären doch etwas mickrig gewesen, oder?«

»Klar, Oma … natürlich. Und was hast du als Beilage geordert? Ach ja, und die Nachspeise, die würde mich auch interessieren. Ich hoffe doch sehr, der Herr Graf bringt eine ansehnliche Nachspeise.«

»Davon kannst du ausgehen. Aber die Beilage kommt von uns. Sei doch so lieb, stell schon einmal einen Topf Erdäpfel auf. Und wo die Petersilie wächst, weißt du ja, mein Liebes.«

Kristyna-Oma blinzelte, wandte mir ohne Weiteres ihren Rücken zu und ging davon. Wohl ihre vorabendliche Runde ums Haus.

Die Sonne war endlich hinter die Wipfel gerutscht, die Hitze verlor schlagartig an Nachschub; als wäre eine Bratpfanne, die brutzelnd auf der Erde gelastet hatte, mit einem Ruck weggezogen worden.

Binnen Minuten war es gut auszuhalten. Ich stellte mir vor, dass selbst die Ameisen auf der Ameisenstraße hinterm Haus erleichtert durchschnauften. Instinktiv stoppten alle in ein und derselben Sekunde, die ganze Kolonne, die sich von der Mauerfuge zu den Forsythien schlängelte, die Sandstraße entlanglief und sich schließlich im Gras der Lichtung verlor. Und dann reckte jede dieser Zigtausenden Ameisen ihr Körperchen empor, seufzte jede dieser Zigtausenden Ameisen befreit durch. Um schließlich weiterzumarschieren, eilig, eilig, dieses leichtfertige Päuslein wettzumachen.

Nach und nach legte sich eine Milde in den Garten, die kam vom Wald her und von der Wiese.

»Ums Lagerfeuer«, sagte Großmutter, »brauchst du dich nicht kümmern. Das soll Jakob machen.«

Wie beiläufig spähte sie nach meiner Reaktion. Ich spürte, wie mir das Blut in die Wangen schoss. Jakob würde kommen?! Und mit uns essen? Den Abend draußen am Lagerfeuer verbringen mit uns?!

»Ach so«, antwortete ich mit bemühtem Pokerface. »Er kommt also auch.«

Kristyna-Oma grinste.

»Einen Zug?« Sie bot mir ihre frisch angefachte Able an.

»Lieber später, glaube ich, ja, lieber später, nach dem Essen, danke.«

Kristyna verzog amüsiert das Gesicht.

Wir standen hinterm Haus, sahen in den sich langsam verfärbenden Abendhimmel, doch ich konnte die Ruhe nicht genießen, fühlte mich fahrig.

Erneut schmunzelte Kristyna.

»Na gib schon her, du Biest!« Ich boxte sie gegen den Oberarm, griff nach der Able.

»Freust du dich auf ihn«, fragte sie, »oder fürchtest du dich?«

Ich inhalierte, extra tief, extra lang, extra dramatisch. Augenblicklich schwankte die Landschaft, eierte wellenförmig auf und ab um mich. Ich rettete mich zur Gartenbank, die an der Hausmauer stand.

»Eigentlich ist das die falsche.« Ich drehte das qualmende Ding zwischen den Fingern. »Eigentlich sollte ich keine Able rauchen, sondern eine Sputnik. Die würde helfen, die Welt rund um mich besser einschätzen zu können, nicht wahr? Und zur Welt rund um mich gehört schließlich auch Jakob.«

»Du rauchst die richtige«, antwortete Kristyna. »Schließlich willst du rausfinden, was du mit ihm anfangen sollst. Entscheidend bist also du.«

»Und was, wenn er nicht will?«

»Enkelin«, nachsichtig legte sie den Kopf schief, »du tust, als wüsstest du nicht, wie das läuft.«

Ich gaffte sie an.

Sie hob die Augenbrauen.

»Also, zum Mitschreiben, Frau Germanistik-Studentin: Wenn du willst, wird auch er wollen. Jakob mag stumm sein wie ein Fisch, aber trotzdem ist er ein Mann, Malina. Ein Mann, okay?«

»Oma, entschuldige, das meine ich jetzt wirklich nicht abfällig, aber weißt du, das war vielleicht … na ja, damals so, bei dir, in deiner Generation. Heute, da ist es nicht mehr so … so … simpel. Weißt du, Oma, heute …«

»Süße«, unterbrach sie, »erzähle mir nichts von den jungen Männern. Auch nichts von denen heutzutage. Ich kann dir sagen, wenn's drauf ankommt, sind sie keinen Deut anders als früher. Und solltest du mehr wollen von Jakob, nicht nur eine Liebelei, sondern die große Liebe, die ist sowieso nicht planbar. Planbar ist nur das kleine Programm. Gönn's dir oder gönn's dir nicht.«

War ich schon wieder rot angelaufen? *Süße, erzähle mir nichts von den jungen Männern.* Was wollte sie damit andeuten? War der Mann in ihrem Zimmer, in jener Nacht, doch Jakob gewesen? Ich starrte sie an.

...

»Krieg ich die heute noch zurück?«

»Was?«

Sie zeigte auf ihr Fabrikat. Ich hatte gar nicht bemerkt, dass ich die Able noch zwischen den Fingern hatte.

»Vergiss es, Kristyna. Die Able kriegst du nicht mehr, die rauche ich jetzt fertig. Und sollte es mich umhauen, weil ich noch nichts Ordentliches gegessen habe oder aus Schock, weil du so daherredest, bist du verantwortlich, damit das klar ist.«

»Freilich«, raunte sie, »ausbaden müssen es immer die Schwächsten der Gesellschaft, schuldlose Seniorinnen.«

»Oma, hast du was mit Jakob?«

Ich sah sie an. Hatte ich das jetzt laut gefragt oder nur laut in meinem Kopf?

»Alles locker, Malina. Mach dir keine Sorgen«, sagte sie, bettete Tabak ins Zigarettenpapier, befeuchtete den Klebestreifen an ihrer Zungenspitze und rollte eine blitzsaubere, schnurgerade Zigarette. Das Zündholz entfachte Kristyna nicht wie sonst, indem sie es flach über das Schächtelchen rieb, sondern wie ich es zuletzt in meiner Kindheit bei alten Männern gesehen hatte und einmal, glaube ich, in einem Mafia-Film mit Marlon Brando. Als hantierte sie mit einem Feuerkeil, stieß sie den Schwefelkopf in hartem Winkel gegen die Reibfläche, an der das Hölzchen knallend explodierte, erschrocken auffauchte, doch sogleich besänftigt wurde in Kristyna-Omas gewölbter Hand.

Ich glaubte, das lodernde Zigarettenpapier aschig zerfallen zu hören. Sah auch deutlich die ineinander verwobenen Tabakfäden, wie sie von der Feuerhitze zerschossen wurden. Augenblicklich zerstoben sie und veränderten, geschockt darüber, ihre Struktur, ihre Form, ihre Substanz. Körperwarmer Rauch entströmte Großmutters Lungen.

Von der Gartenbank aus schnippte sie das verkohlte Streichholz davon. In einem angenehm, ja, einem angenehm zu beobachtenden Bogen flog es weit, überraschend weit und sich dabei mehrere Male drehend. Nahe dem Lagerfeuerplatz erst tauchte es ab, fügte sich ins Gras.

»Mir gibst du die Able, die mich ganz verrückt macht, und selbst rauchst du dir eine normale Selbstgedrehte an?«

»*Du* willst ja immer aufs Ganze gehen«, krähte sie. »Jakob, ganz oder gar nicht. Mein Gott! Anstatt dich einfach an den Köstlichkeiten zu erfreuen, die dir im Vorübergehen unterkommen.«

Kristyna war aufgestanden und hatte sich an die Hausmauer gelehnt. Sie zog an ihrer Selbstgedrehten und sah in den Sommerabendhimmel. Am Horizont klebte, nur eine Armlänge entfernt, ein dick aufgetragenes Orange. Doch schon zerfiel es in ein Karminrot, das, kaum erblüht, in ausuferndes Violett zerfloss. Ich streckte die Hand aus, griff danach, da wich es zurück.

Wären Wolken am Horizont gestanden, all die Farben wären leuchtend explodiert an ihnen und hätten, in diesem hellen Zustand, innegehalten verschwindend lange Zeit. Doch an diesem Abend war der Horizont leer. Kein Wölkchen trübte den Himmel, was in diesem Fall hieß, dass kein Wölkchen den Himmel entflammte; keines weit und breit, das der Sonne als Leinwand diente.

»Unsere Gäste sind da«, sagte Kristyna.

Ich hatte keinen Wagen kommen gehört. Doch als wir im Dunkel der beginnenden Nacht ums Haus bogen, stand dort der Range Rover, Pontiac, Dodge, was auch immer, stand dort das Ungetüm, das schon untertags genau dort gestanden war. Soeben öffneten sich beide Wagentüren.

- 25 -

Wie lange hatte ich Jakob nicht mehr gesehen? Als ich darüber nachdachte, schien es mir unbegreifbar lange. Nicht einmal sein Gesicht hätte ich mit Sicherheit beschreiben können. Und doch war da dieses Gefühl. Oder redete ich mir das nur ein? War der Funke womöglich verflogen, bevor er hatte zünden können?

Wie hätte er denn zünden sollen, Jakob war schließlich von einem Tag auf den nächsten abgetaucht. Auch recht. Ich war ja nicht angewiesen auf ihn. Jetzt, jetzt auf einmal kommt er wieder daher! Zum Essen.

Ich würde ihn einfach nicht beachten. Beachten schon, aber nicht eigens. So, dass er merkt, dass ich ihn nicht nötig habe. Warum sollte ich ihn auch nötig haben? Ausgerechnet ihn!

Ich schwindelte mich auf die Veranda, setzte mich in Kristyna-Omas Schaukelstuhl und hatte vor so zu tun, als säße ich schon lange so. Der Garten lag ruhig und im Dunkeln. Nur die Umrisse der Bäume und Sträucher weiter weg waren noch auszumachen. Von dort kam ein halbherziges Zirpen ab und zu. Sonst bestand die Luft aus einem Innehalten, einer Ruhe, wie eigens gewebt.

Auf dem Verandatisch brannte der kurze Docht einer Kerze im Glas, auf der Kredenz hinter mir die schwache Leselampe.

Schritt für Schritt erschien Kristyna-Oma aus der Tiefe des Gartens.

»Malina, unsere Nachbarn sind da.«

Ich überlegte, aufzustehen, entschied mich aber, sitzenzubleiben. Es würde mich schützen, Kristynas Schaukelstuhl und meine coole Art, darin zu sitzen – ich wechselte rasch noch einmal die Position –, würden mich schützen.

»Ich möchte dir einen Freund vorstellen, Malina.«

Als wäre ich überrascht, sah ich vom Buch auf. Und da stand er vor mir, Kristynas Kriecher, Gamsbartwackler, Fußküsser.

Den Jägerhut hatte er diesmal wohl in seinem Schloss gelassen. Oder im Auto. Seitengescheiteltes, geföhntes Haar hatte er, volles Brünett, trotz seines Alters. Freundlich stand er vor mir. Wieder trug er Joppe, darunter ein blitzblankes, akkurat gebügeltes marineblaues Hemd. Und wieder trug er die Knickerbockerhose. An den Knien – ich weiß nicht, wie lange ich meinen Blick nicht davon lösen konnte – waren Lederflecken aufgenäht. Ich musste Acht geben, nicht loszuprusten.

Die Lichtverhältnisse waren nicht die besten, aber den Flecken war anzusehen, dass sie schon öfters, wenn nicht oft, sehr oft, schlimm in Mitleidenschaft gezogen worden waren.

Der Graf trat näher, verbeugte sich mit einem leisen Kopfnicken und sagte: »Gnädiges Fräulein Malina, es ist mir eine große Freude, Sie heute Abend kennenlernen zu dürfen.« Seine Augen lächelten mich an. »Darf ich mich Ihnen vorstellen: Leopold von Hohensinn.« Er reichte mir die Hand. Und trotz allem, was zuvor an diesem Tag vorgefallen war: Er war mir von der ersten Sekunde unseres Kennenlernens an sympathisch. Was für ein ausgesprochen liebenswürdiger Mann, dachte ich. Am liebsten hätte ich ihm, fürsorglich wie eine Tochter, über sein geföhntes Haar gestrichen.

»Sie erwiesen mir eine Ehre, Fräulein Malina, nennten Sie mich bei meinem Vornamen. Leopold, gnädiges Fräulein.«

»Es ist mir eine Freude, Leopold«, hörte ich mich sagen. »Ich bin Malina.«

Der Graf, Leopold, trat einen Schritt zurück – ich kannte das bisher nur aus Kostümfilmen – und öffnete, indem er sich zur Seite wandte, die Arme.

Es war, als wäre sein Körper ein Tor, das für mich aufsprang und die Sicht freigab auf das, was dahinterlag. Ich folgte der Richtung seiner Geste und sah, worauf ich vergessen hatte. Jakob. Da stand Jakob.

Und stand. Und nickte verlegen. Und tat sonst nichts. Stand wie angewurzelt, beide Arme nach unten gezogen von zwei vollen Plastiksäcken. Warum stand er nur so da? Was sollte das? Beinahe devot stand er da, was heißt beinahe? Ausgesprochen, ja, ausgesprochen und ganz eindeutig devot stand er da. Wie ein Schulbub. Das passte doch überhaupt nicht zu ihm! Warum stand er so da, als wäre er der kleine Gehilfe des Grafen? Was sollte das, warum tat er das?! War das er? Entsprach das seiner Art? Jenem Teil von ihm, der mir bisher verborgen geblieben war? War er nun ein Mann oder ein Dienstjunge? Und dieses Gesicht! Dieses Gesicht, das er machte! Verflucht, was sollte das?

Er hob beide Säcke ein wenig in die Höhe.

»Wir haben frischen Fisch mitgebracht«, sagte Graf Leopold. »Und dazu, wie von dir gewünscht, liebe Kristyna, gekühlten Chardonnay aus Chablis und Welschriesling aus der Südsteiermark. Eine Nachspeise freilich haben wir uns auch erlaubt mitzubringen. Wollen die Damen denn schon wissen, was es ist?« Sein Blick ging von Kristyna-Oma zu mir und wieder zurück.

»Ja, Leopold«, antwortete ich. »Ich bin neugierig, was hast du mitgebracht?«

»Gekühltes Erdbeer-Tiramisu«, sagte er. »Kristyna, du kennst es ja. Rosi hat's gezaubert. – Unsere verdiente Köchin«, ergänzte er klärend in meine Richtung. »Es ist Rosis, wie sie gerne sagt, Sommersüßspeis' nach Schlossgeheimnis Art. Das Geheimnis ist wohl«, er deutete ein Zwinkern an, »dass Rosi die Erdbeeren nachts zuvor in gesüßten Rum einlegt.«

Auch wenn das jetzt womöglich so wirkt, Leopold benahm sich nicht gespreizt. Es war vielmehr so, dass alles, was er tat und sagte, formvollendete Höflichkeit war. Jede Geste, jeder Blick, jedes Wort strahlte eine Menschlichkeit aus, die um Stil bemüht war. Mir schien, Leopold wusste allzu erfahrungsreich um die Übermacht des Derben in der Welt, doch war es nicht umso wichtiger, standzuhalten? Zumindest sich und sein Umfeld davor zu bewahren? Das Derbe mochte unbesiegbar sein. Es mochte regieren allerorts, eindringen überall, selbst in seine, leider auch seine Gedanken, sein Herz, doch lange würde es dort nicht bleiben wollen, denn wo schöne Form wohnte und Benehmen, mochte kein Teufelchen es lange aushalten. Höchstens den einen oder anderen selbstvergessenen Moment.

Ich stellte mir vor, dass so wie Graf Leopolds Schloss auf festem Fels errichtet worden war, gewiss auch er nicht wanken wollte. So wie der Turm seines Schlosses hinauswies über die profane Ebene rundum, sollte es ihm Vorbild sein. Und so wie an der Spitze des Turms die Fahne, die sein Familienwappen trug, dem Wind und dem Wetter trotzte zu allen Zeiten, würde auch er, wenn zuweilen auch schwer gebeutelt, nicht weichen. Leopold zog sich mit der Handkante seinen Scheitel nach.

Wäre ich nicht Augenzeugin gewesen, ich hätte geschworen, es sei unmöglich, dass dieser Mensch vor wenigen Stunden noch in Staub und Dreck und auf allen vieren den Weg zwischen den Beeten entlanggekrochen war. Das Bild bekam ich leider schwer aus dem Kopf. Im Laufe des Abends tauchte es immer wieder auf, während Graf Leopold von Hohensinn sich stilsicher benahm und stilsicher ausdrückte und überhaupt die personifizierte Kultiviertheit war.

Leopold bot Kristyna den Arm an. Seite an Seite schlenderten sie davon, verschwanden in der Dunkelheit, gingen schon einmal vor zum Lagerfeuerplatz, vielleicht machten sie ja auch einen Nachtspaziergang. Am Himmel knipsten sich nach und nach die Sterne an. Einer nach dem anderen, niemals mehrere zugleich, als hätten sie sich abgesprochen. Gerne wäre ich, aber das war ein verrückter Gedanke, gerne wäre ich nun an Kristynas Stelle gewesen. Einen Spaziergang durch die Nacht, untergehakt bei einem Gentleman.

Wieso redest du nicht mit mir?

Jakob hielt mir einen seiner Zettel hin.

Ich strafte ihn mit meinem Blick. Wofür? Wofür ich ihn strafte? Was heißt wofür? Das ist doch wohl klar! Das muss ich doch, verdammt noch einmal, hoffentlich jetzt nicht auch noch erklären!

»Ich kümmere mich ums Lagerfeuer«, sagte ich. »Du kannst inzwischen die Fische salzen und mit Rosmarin würzen. In der Küche kennst du dich ja aus. Und vergiss nicht, den Wein und das Erdbeer-Tiramisu zu kühlen.« Jakob stand da und glotzte mich an. Ist denn das zu glauben? Er stand tatsächlich noch immer da herum, flankiert von den Einkaufssäcken.

Ich spürte, wie meine Wut wuchs. Am liebsten hätte ich geschrien. Ihn angeschrien, diesen Stummen, diesen Kuscher, diesen Überhöflichen, Oberzurückhaltenden. Diesen … diesen Zettelchenherzeiger! Was hatte ich vor Kurzem nur an ihm gefunden?!

»Scheiß drauf«, sagte ich, ging auf ihn zu, griff auf gut Glück in einen seiner Säcke und zog eine Weinflasche heraus. Öffnete auf der Stelle den Drehverschluss und nahm einen kräftigen Schluck direkt aus der Flasche. Ich hatte es, verdammt, verdammt, verdammt noch einmal satt, zu warten auf die Dinge, die Menschen, die passende Situation.

Ich entflammte das Lagerfeuer. Sparte nicht mit Zeitungspapier und Spänen, die Flammen reckten sich. Ausgiebig legte ich Holz nach. Sehr ausgiebig. Stapelte Scheit um Scheit, kreisrund und hoch. Ich wollte ein Feuer. Ein großes, wirklich großes Feuer. Ja!

Als Kristyna und Leopold bei mir auftauchten aus der Nacht, loderte das Lagerfeuer zwei Meter hoch. Ich saß mit Respektabstand in der Wiese. Von der Flasche Welschriesling, na ja, knapp die Hälfte wird noch übrig gewesen sein.

»Wo ist Jakob?«, fragte Kristyna-Oma.

Ich hatte keine Lust zu antworten, hätte auch nicht gewusst, was.

»Ah«, machte Leopold und zeigte Richtung Haus. Einige Meter entfernt, im Licht des Lagerfeuers war, hinten auf der Gartenbank, Jakob zu erkennen. Gerade setzte er eine Weinflasche an die Lippen, legte den Kopf in den Nacken und schüttete sich den Rest Chardonnay in die Kehle.

»Mir scheint«, sagte Kristyna-Oma zu Graf Leopold, »wir haben etwas Entscheidendes verpasst.«

Es war rührend, wie sich Leopold darum bemühte, die Stimmung mittels Altherren-Konversation wieder ins Lot zu bringen.

»Während des Hochsommers«, sagte er, »während des Hochsommers, nicht wahr, ist es durchaus vernünftig, so spät zu essen. Da hält man es am besten wie die Andalusier.«

Kristyna-Oma und er saßen auf hölzernen Gartensesseln beim Feuer, ich hatte es mir auf einer Decke gemütlich gemacht. Jakob hantierte am Lagerfeuer, wendete eben die Fische über der Glut.

Als Leopold zu einer Anekdote ansetzte, es ging um einen böhmischen Cousin ersten Grades, unterbrach ihn Kristyna: »Findest du nicht, es ist an der Zeit, dass du Malina etwas erzählst?«

Augenblicklich war ich hellhörig. Nach dem Zu-Kreuze-Kriechen vor Kristyna am Vormittag stand für Graf Leopold nun also der zweite Teil seiner Strafe an. Oma hatte angekündigt, dass er mir berichten müsse, womit er sich ihren Zorn zugezogen habe. Wie würde Leopold, der in gesellschaftlicher Konvention versiert war, sich erklären? Würde er versuchen, sich beredt aus der Affäre zu ziehen?

Leopold räusperte sich, schlichtete die Finger seiner Hände ineinander, ruckelte etwas auf seinem Sessel hin und her und sagte mit gesenktem Blick: »Ich habe mich benommen wie ein arrogantes Arschloch.«

Dann: geschah für Sekunden nichts.

Stille.

Auf dem Rost über der Glut brieten die Fische.

»Und weiter?«, forderte Großmutter.

Leopold seufzte.

»Es beschämt mich«, sagte er leise. »Obwohl vor Gott alle Menschen gleich an Wert sind, habe ich Hans, einen meiner Waldarbeiter, von oben herab behandelt und … und ihn auch noch angeschrien. Es tut mir leid, ich ließ mich hinreißen. Es tut mir aufrichtig leid, ich habe mich bei Hans auch schon entschuldigt. Aufrichtig leid tut es mir.«

Stille.

»Gut«, sagte Kristyna.

Das gibt's doch nicht, dachte ich. Deshalb, nur deshalb hatte der arme Leopold vor Kristyna-Oma in den Staub fallen müssen? Zig Meter kriechen müssen? Nur deshalb zwang sie ihn obendrein, sich hier öffentlich zu demütigen, nun ja, nicht öffentlich, aber immerhin vor Jakob und vor mir?

Ich sah zu Jakob, ob er ähnlich dachte. Doch nichts. Jakob verhielt sich, als wäre rein gar nichts vorgefallen, als hätte er in den letzten zwei Minuten überhaupt nicht teilgenommen an der Welt. Mit einem Weidenstecken stocherte er in der flimmernden Glut.

Ich sah zu Kristyna, die aber machte nichts weiter, als Richtung Lagerfeuer zu blicken und die Fische dabei zu beobachten, wie sie gar wurden.

Noch bevor Leopold die Anekdote fortsetzte, bei der er zuvor unterbrochen worden war, jene über seinen böhmischen Cousin ersten Grades, der, wie sich erwies, bibbernd eine ganze Winternacht hatte im Wald ausharren müssen, weil eine Rotte Wildschweine es auf ihn abgesehen hatte und nicht von seinem Hochstand ablassen mochte, noch bevor Leopold also diese Anekdote zum Abschluss brachte und großzügig und immer großzügiger ausschmückte, ich denke, da ertappte ich ihn. Es war nur ein Moment. In dem geschah nichts weiter, als dass Graf Leopold zu Kristyna-Oma sah und schmunzelte. Dieses stille Lächeln, mit dem er Kristyna bedachte, ohne dass sie es wahrnahm, dieser kurze Genuss, den er sich gönnte, dieses Sich-erinnernd-Innehalten, das verriet ihn. Leopold, oh, mein lieber Graf Leopold von Hohensinn, dachte ich, du bist durchschaut. Verschossen in Kristyna bist du wie ein Lausbub und ohnehin genießt du es, in ihrer Nähe zu sein, aber nichts verschafft dir mehr Glück, nichts ein heißeres Kribbeln, als wenn du, so wie heute Vormittag, dieses Gefühl dir gönnst: dich an Kristyna anschleichst, näher und immer näher ihr kommst, auf Händen und Knien, und sie dir dann, endlich, zur Strafe zu tun befiehlt, was schöner nicht sein könnte.

Dafür, mein guter Leopold, bist du sogar bereit, selbst wenn es dir nicht leichtfällt, einen deiner Waldarbeiter zur Sau zu machen.

Das Essen, der Wein. Ich war müde geworden. Hatte keine Lust mehr zu reden. War es unhöflich? Egal, ich hatte keine Lust mehr. Kristyna-Oma, Leopold und Jakob unterhielten sich ohnehin gut, immer wieder schrieb Jakob für die beiden etwas in sein Notizbuch.

Ich hatte noch mehr Decken aus dem Haus geholt, streckte mich auf einer aus, die Hände hinterm Kopf, und sah in den Sternenhimmel. Hin und wieder stoben Funken vom Lagerfeuer empor.

Feuersterne hatten wir sie als Kinder genannt – und mit Stöcken auf die glimmenden Holzscheite geschlagen. Regelrechte Kometenregen bewirkten wir so, regelrechte Feuerstürme. Es war, als verglühten Myriaden von Sonnen. Als bärsten Gestirne und Galaxien. Alleine, weil wir es wollten.

Kurz waren mir die Augen zugefallen. Und kurz hatte ich gedacht, doch das konnte nicht sein, das passte doch überhaupt nicht zu ihr, Großmutter liebevoll flüstern zu hören; zärtlich rügte sie Leopold: »Du verstehst doch, wenn ich streng war zu dir. Du weißt doch, wie ich das verabscheue, du darfst nicht schreien mit Schwächeren.« – »Ja, Kristyna, ja, mein Täubchen, verzeih, mein Liebes.«

Wattig zuckten meine Muskeln, ich öffnete die Augen. Über mir die Sterne. Der wandernde Mond. Die Nacht.

Malte ich als Kind mit Wasserfarben Sonnen und Monde, Regenbögen und Meereswellen, Tiere und Menschen, sagten meiner Schwestern: Das schaut ja gar nicht echt aus, Malina, da sieht man ja noch deine Pinselabdrücke im Himmel. Sie hatten recht, und nicht nur das, auch Fingerabdrücke hatte ich hinterlassen, man sah sie in allen möglichen

Farben, zart zwar, doch verteilt über das Bild. Wären da keine Pinselspuren, keine Fingerabdrücke gewesen, man hätte meinen können, der Regenbogen, die Meereswellen, die Tiere und die Menschen seien nicht hingemalt, sondern echt, lebendig, aus sich selbst geboren. Doch die Fingertapser und Pinselspuren verrieten, dass ich, die Malerin, dahintersteckte. Ich, die Göttin dieser Bilderwelt, hatte mich verraten, ohne es zu bemerken. Meine Abdrücke waren überall.

Ich sah nach oben. Wie kristallklar die Sterne standen! Ich schloss die Augen, aber die Sterne blieben, hafteten an meinen Lidern.

Am frühen Morgen erwachte ich mit steifen Gliedmaßen. Kristyna-Oma hatte mich nachts einfach hier draußen liegen lassen. Ich spürte etwas Festes, etwas Warmes dicht an mir und drehte den Kopf zur Seite. Jakob.

- 26 -

Selbst wenn das jetzt vielleicht so aussieht, da war nichts, rein gar nichts war da gewesen zwischen uns, da bin ich sicher. Am Abend zuvor, ja, da gab es einen Moment, in dem alles möglich gewesen wäre. Es begann damit, dass Kristyna und Leopold lachten, weil Jakob ihnen eine seiner Notizen zum Lesen hinhielt. Nachdem er das Büchlein wieder zu sich genommen hatte, sah Jakob kurz zu mir, oder vielleicht sah er nur zufällig in meine Richtung, und lächelte, lächelte traurig. Sein schön geschwungener Mund, dachte ich. Sein schön geschwungener, trauriger Mund. Ich stehe jetzt auf, einfach so, dachte ich, aus dem Nichts stehe ich auf, gehe hin zu ihm, setze mich, als wäre es das Normalste dieser Welt, mit gespreizten Beinen auf seinen Schoß und küsse diesen schön geschwungenen Mund. Dagegen konnte doch niemand etwas haben. Wenn ich sie küsse, einfach küsse, diese Lippen, dachte ich, und zu meiner Überraschung erhob ich mich auch schon von meinem Deckenlager neben der Feuerstelle und ging los, ging zu Jakob, direkt auf ihn zu, bog – Wahnsinn, war das knapp – bog unmittelbar vor ihm ab. Und ging ins Haus. Aufs Klo musste ich ohnehin.

Wer sich eine Wendung in unserer Beziehung erwartet, weil ich doch bei Jakob liegend erwacht bin, draußen im Freien, neben dem noch immer schwach glimmenden Lagerfeuer, wer sich vorstellt, dass an diesem Punkt nun die große Romanze beginnt, ja beginnen muss, der kann sich das gerne zusammenträumen, aber in Wirklichkeit war es so, dass ich erwachte und wusste: Das mit Jakob wird nichts mehr. Herrgott noch einmal! Wenn dieser Typ die halbe Nacht neben mir verbringt, eng, wirklich eng an mir, und ich nichts, aber auch gar nichts davon bemerke, dann konnte das doch nichts mehr werden!

Diesen Morgen, als ich im Badezimmer saß und das Gefühl der Erleichterung genoss, beschloss ich, dass die Sache für mich abgeschlossen war. Ich würde Jakob nehmen, wie er war: als netten Mann, der zu nichts zu gebrauchen war. Nicht zum Reden, nicht zum Küssen und zu allem Möglichen darüber hinaus schon gar nicht. Ein Freund, er konnte immer noch ein Freund sein, das ja. Mein stummer, nichtsnutziger Freund. So würde ich ihn sehen, so ihn nehmen fortan.

Er schien meine Veränderung nicht zu bemerken, meine neue Coolness, meine Freundschaftsnummer. Um der Sache eine Zusatznote zu geben, beschloss ich, nichts mehr mit ihm zu reden.

Wirkt das jetzt irre? Unpassend? Lächerlich? Und wenn schon! Ich plädiere, es als ironische Finte zu interpretieren. Wenn er sich mir nicht öffnen wollte und auch keinerlei Anzeichen erkennen ließ, dass er wenigstens nach und nach mit mir reden mochte, würde ich ebenfalls auf stumm schalten. Sollte er einmal spüren, wie das war. Er brauchte nicht glauben, die Sache mit den Zetteln patentiert zu haben. Ich hielt ihm einen hin: *Ab jetzt nur noch schriftlich*, stand darauf. Seine Reaktion kam unerwartet, ehrlich gesagt. Jakob schien sich doch tatsächlich zu freuen darüber. Konnte der Typ nicht zwischen den Zeilen lesen? Beinahe hätte ich ihn spontan danach gefragt, gerade noch rechtzeitig fiel mir ein, dass ich ja nicht mehr mit ihm redete.

Dies war meine erste Lektion: Schreiben, zumindest handschriftlich auf Papier, und nicht etwa impulsiv husch-husch im Netz, ist wie eine Meditation über den Sinn dessen, was man gerade im Sinn hatte. Das nämlich, was man impulsiv im Sinn hatte und somit auf den Lippen, ist zwar das, was man rasch einmal sagen *wollte*, aber in den seltensten Fällen ist es das, was man sagen *will*.

Die zweite Lektion meines Schweigens war – eigenartig, dass ich das trotz des vielen Lesens jetzt erst realisierte: Das geschriebene Wort durchdringt die Dinge anders. Es hat eine sublimere Kraft als das gesprochene. Als ich Jakob kennengelernt hatte und ihn fragte, warum er nicht spreche, war er mir ausgewichen, gewiss, auch mit der Hilfe Kristynas, aber ausgewichen. Nun stellte ich ihm dieselbe Frage schriftlich. *Warum sprichst du nicht?*, schrieb ich auf ein Blatt Papier. Der Überraschungsangriff saß. Minutenlang, ich glaube wirklich minutenlang, sah er die Frage an, und auch das unterhalb der Frage weiße Blatt, diesen leeren Raum, den er mit seiner Antwort würde füllen können. Meinen Blick mied Jakob, ausschließlich auf diesen Zettel, auf diese Frage starrte er, als hätte nicht ich sie hingeschrieben, sondern als hätte die Frage selbst sich formuliert. Als wäre sie unerwartet aus seinem Herzen gesprungen, wo sie sich lange schon hin und her gewälzt hatte, und nun plötzlich war sie da, drängend wie nie, auf dem Blatt vor ihm. Von dort starrte sie ihn an.

Als Jakob zum Bleistift griff, wusste ich, dass ich gewonnen hatte. Er würde antworten. Erstmals würde er sich dazu äußern, erstmals seine Geschichte erzählen, mir, nicht Kristyna, würde er das Geheimnis anvertrauen. Mir, mir, mir!

Und so war es dann auch. Doch welchen Preis dieser Sieg hatte! Ich sah die Erinnerung wach werden in ihm, und den Schmerz, den sie ihm verursachte. Fahrig wischte seine Hand übers Blatt.

Normalerweise waren es formschöne Bögen, die Jakob zu Papier brachte. Diesmal aber leisteten die Wörter Widerstand, jeder Buchstabe eine Überwindung. *Vor vielen Jahren*, schrieb Jakob, *habe ich einem Mädchen ein unbedachtes Wort gesagt. Es kränkte sie sehr.*

Jakob wandte sein Gesicht ab.

War es denn falsch, dein unbedachtes Wort?, fragte ich schreibend.

Falsch, antwortete er, *war es nicht, es war das, was alle dachten von ihr und von ihrem Zustand und es entsprach auch meiner Meinung. Doch nur meiner rasch dahingesagten, nicht meiner wahreren Meinung.*

Erzähle das dem Mädchen! Es wird helfen!

Nein, schrieb Jakob und seine Lippen zitterten. *Es brächte nichts. Dieses Mädchen von früher gibt es nicht mehr.*

Jakob hatte das Blatt beiseitegeschoben, zögerte,

zog es wieder zu sich, ballte seine Fäuste darüber. Für einen Moment hob er das Gesicht zu mir, sein Blick versetzte mir einen Stich. Er öffnete seine Hand und schrieb: *Dieses Mädchen, Malina, war nicht irgendein Mädchen. Es war meine Schwester. Meine Halbschwester.*

- 27 -

Was hatte ich nur angerichtet!

Ich wollte Jakob trösten. Mein erster Impuls war, ihm zu sagen, dass noch immer alles gut werden könne, selbst wenn sich dieses Mädchen seit damals wer weiß wie weit entfernt hatte von ihm. *Dieses Mädchen von früher ... gibt es nicht mehr.* Kurz blitzte die allerschlimmste Möglichkeit auf, sofort verdrängte ich sie mit dem Gedanken, selbst dann, ja verdammt selbst dann, soll Jakob seinen Frieden finden. Nun zitterten auch mir die Hände. Trösten, ich wollte Jakob trösten, doch alles, was mir Agnostikerin einfiel, war ein Bibelvers: *Im Anfang war das Wort*, fiel mir ein. *Und das Wort war Gott. Durch das Wort, und nur durch das Wort, wurde alles. Tag und Nacht, die Welt und alle Kreaturen.* So in etwa hatte ich die Zeilen in Erinnerung, sagte aber nichts, Jakob hätte ja nicht verstanden, was ich meinte, also schrieb ich stattdessen: *Kennst du die ersten Zeilen des Johannesevangeliums?*

Wir sind aus Wörtern gemacht, antwortete Jakob schreibend.

Wenn Worte so mächtig sind, notierte ich eilig,

wird es helfen, wenn du deiner Schwester schreibst, selbst wenn sie mittlerweile weit, sehr weit weg ist. Worte verändern. Worte können alles verändern! Schreib ihr!

Er antwortete nicht, aber ich hatte das Gefühl, dass er es tun würde. Jakob würde seiner Schwester schreiben.

Es passte ins Bild, war aber freilich Zufall, dass ich ausgerechnet an diesem Tag die Tür entdeckte. Seit meiner Ankunft war ich schon Dutzende Male an ihr vorbeigegangen, und auch diesmal beinahe. In der Mitte des Hauses, in einer halbdunklen Nische, über der Stufen in den oberen Stock führten, lag sie. Ich ging näher und berührte den schweren violetten Samt, der die Tür und zudem den größten Teil der Wand verhängte. Der zweiteilige Stoff war an einer Vorhangstange befestigt. Ich hätte mich nicht gewundert, eine Bühne oder einen Theaterboden dahinter zu finden, doch als ich den Vorhang mit einem Ruck aufzog, war da diese Tür. Ich trat einen Schritt zurück. Und dann muss ich wohl laut aufgelacht haben. An der Tür hing ein Schild, darüber war in Großbuchstaben geschrieben:

Personaleingang!
Zutritt nur für Befugte!

Ich überlegte nicht lange, drückte die Klinke hinunter und trat ein.

- 28 -

Es war ein winziger Innenhof, im Grunde winziger als ein winziger Innenhof, eher ein Schacht. Ich breitete die Arme aus und berührte auf beiden Seiten zugleich die Wände. Alles klar: Das Zentrum des Universums lag uneinsehbar in der Mitte von Großmutters Haus. Und bestand aus nichts. Abgesehen freilich vom Leben, das darin existierte; also mir, momentan.

Vage hörte ich – auch im Zentrum des Universums regierte also die Ironie – die Spülung einer Toilette. Damit bekam die kreisrunde Öffnung in der Mauer weit über mir mit einem Mal Sinn. Ich legte den Kopf in den Nacken und drehte mich, nach oben schauend, im Kreis. Abgesehen vom Entlüftungsloch waren die Wände eben und kahl. Über mir beschleunigte sich der Himmel. Schlagartig wurde mir schwarz vor Augen.

Ein Traum, eine Fantasie, was auch immer, flammte in jener täuschenden Klarheit auf, die Träumen oft eigen ist. Es ist doch so: Träume verleihen den verrücktesten Dingen eine Selbstverständlichkeit, die sie uns als unanfechtbar erscheinen lassen.

In meinem Traum hatten sich allem Anschein nach zwei Erlebnisse vermengt: das Gespräch mit Jakob und der Aufenthalt in diesem Schacht, zu dem ich durch eine Tür gelangt war, an der als Scherz Zentrum des Universums geschrieben stand. Ich erlebte Folgendes als unwiderlegbar: Das Universum bestand aus nichts als mir, ich war sein Zentrum und sein Alles. Der Grund, warum es auch andere Menschen und Tiere und Kreaturen gab, war ich. Und allen anderen erging es genauso: Das Ich war all das. Vom WC-Entlüftungsloch träumte ich nichts. Und auch nichts vom Betondeckel im Boden, unter dem ein alter Hausbrunnen verborgen war, aus dem giftiges Gärgas strömte.

»Wach auf! Wach auf, Malina!«

War das Gott? War das ich? Richtete Gott das Wort an mich? *Im Anfang war das Wort. Und das Wort war Gott. Durch das Wort, und nur durch das Wort, wurde alles.*

Und nun wünschte Gott, dass ich aufwachte? Er richtete sein Wort an mich? Eigentlich hatte ich keine Lust, Gottes Wort zu folgen. Ich mochte nicht aufwachen. Ich fand es gut, wie es war. So klar, so hell. Immer hatte ich mich nach einer solchen Klarheit gesehnt. Selbst in der Literatur existierte sie nur zu Sternstunden. Diesmal aber war ich der Helligkeit so nahe, als empfinge ich sie nicht mittels eines Romans, sondern als wäre ich selbst dieses Buch und meine Adern Zeilen, durch die die Wörter flossen.

Ich durchschaute Gott. Er wollte, dass ich aufwachte, weil er nicht noch mehr von seinen Geheimnissen preisgeben mochte. Ich war mit meinem Eintritt ins Zentrum des Universums ganz offenbar in eine heiße Sache hineingeraten. Das also waren die Geheimnisse des Lebens, schau, schau!

Irgendjemand riss an mir. Mehrere mussten das sein. Jetzt wollen sie mich also mit Gewalt von der Erkenntnis abbringen. Mein Körper wurde herumgeworfen, wurde gezerrt, verdreht, aber das machte mir nichts, sollten die nur glauben, das mache mir etwas. Ich fühlte es bloß, als berührte mich Wind.

»Malina! Wach auf! Bitte, Malina! Wach auf!«

Jetzt versuchte Gott es auf nett. Schau an, schau an. Vorher noch reißen und zerren an mir und nun auf nett. Nun auf *Lieber Gott.*

Und das jetzt? Was sollte das jetzt? So schlecht war das gar nicht, ja, das war sogar gut … ein mich küssender Prinz!

Ich plötzlich. Wieder da.

Über mir: Jakob.

Jakob?

Jakob hektisch, Jakob aufgelöst.

Der Prinz war Jakob?! Und der Kuss ein Wiederbelebungsversuch?! Nur ein Wiederbelebungsversuch? Klar, einen Kuss brachte Jakob ja nicht zustande.

Er hatte mich aus dem Schacht gezogen. Mir auf die bleichen Wangen geschlagen, mir seinen Atem in die Lungen gepresst. Angeblich war es schon schlimm gestanden um mich.

Jakob. Jakob also. So dachte ich, als die Klarheit meines Traumes zerrann und ich in die Gewohnheit heimkehrte, dankbar, ja doch, dankbar, aber auch melancholisch, weil ich aus einem so seltenen Zustand geholt worden war. Gerade noch hatte ich alles gewusst. Alles. In einer Tiefe und Eindringlichkeit, die jeder späteren auch noch so eindringlichen Beschreibung spotten musste.

Ich lag da wie ein flach gefahrener Frosch. Jakob war besorgt über mich gebeugt.

Ich starrte ihn an.

Und dann fragte ich (völlig vergessend, dass ich beschlossen hatte, nur noch schriftlich mit ihm zu kommunizieren), fragte, es waren die ersten Worte nach meiner Bewusstlosigkeit: »Hast du vorhin mit mir gesprochen oder war das Gott?«

Augenblicklich entspannte sich sein Gesicht. Und dann, das hatte ich schon lange nicht mehr gehört, lachte Jakob sein schnorchelndes *Ch-ch-ch*, teichgrün leuchteten seine Augen. Ich griff nach oben, fuhr ihm durch sein flachsblondes Haar, sein rund um die Uhr wild zerzaustes Durcheinander. »Eigentlich egal«, sagte ich, »wer von euch beiden geredet hat. Aber ein größeres Wunder wär's bei dir.«

- 29 -

»Retrospektiv« (keine Ahnung, warum ich nicht einfach zurückblickend oder zusammenfassend sagte, jedenfalls leitete ich meinen Satz mit *retrospektiv* ein, als Großmutter, Jakob und ich zusammensaßen), »retrospektiv kann über das Zentrum des Universums Folgendes festgehalten werden: Erstens, liebe Kristyna-Oma, liegt es in der Mitte deines Hauses. Daneben, aber das ist nicht relevant, liegt dein Klo. Und Gott kommt erst vorbei, wenn man bewusstlos ist.«

Wir saßen auf der Veranda. In der frischen Luft. Frische Luft, du brauchst jetzt viel frische Luft; frische Luft, das ist jetzt das Wichtigste. Ich kam mir vor wie in einem Sanatorium. Jakob hatte mich genötigt, einen halben Liter Wasser zu trinken, und Großmutter flößte mir Kaffee ein, keine Ahnung ob das klug war in meinem Zustand. Ich ließ es zu, ihnen zuliebe, denn meines Erachtens bestand kein Grund zur Sorge. Mir ging es blendend. Ganz außergewöhnlich blendend. Und ich war unternehmungslustig.

»Lasst uns einen Ausflug machen«, schlug ich

vor. »Mit den Rädern. Oder eine ausgedehnte Wanderung.«

Jakob schrieb: *Du spinnst ja. Du musst dich jetzt schonen!*

Großmutter meinte nur bündig: »Nein.«

Vorher hatte Gott versucht, mich zum Aufwachen zu bewegen, nun versuchten Jakob und Kristyna-Oma, mich zum Herumsitzen zu verdonnern. Ich stand auf. »Tut, was ihr wollt, ich mach jetzt einen Ausflug.«

Jakob warf Kristyna-Oma einen Blick zu.

»Er muss aufbrechen«, sagte sie, »hat einen Termin wegen einer Baustelle. Eine neue Hütte. Aber wenn's so wichtig ist, komm eben ich mit.«

Wir nahmen die alten Damenräder. Ich fuhr voran, einfach drauflos.

»Du fährst so zielsicher, als hättest du einen Plan.«

»Einfach fahren ist der Plan!«, rief ich, hob meinen Hintern aus dem Sattel und trat in die Pedale. Trat, bis ich nicht mehr konnte. Ließ das Rad dann einfach dahinsausen, ließ mich rollen, atmete schnaufend durch, genoss den Fahrtwind. Als ich mich nach Kristyna-Oma umblickte, war nichts mehr zu sehen von ihr.

Ich wartete. Für mein Gefühl wartete ich lange. Sehr lange. Als ich mich entschloss, umzukehren und nach ihr zu suchen, erschien sie in einer Kurve zwischen den Baumstämmen.

Sie sagte nichts, hob nur die Augenbrauen, als sie stehenblieb neben mir. Sie war um mich besorgt gewesen, ich sah es ihr an. Kristyna, sie konnte auf cool machen so sehr sie wollte, konnte jung geblieben sein wie keine zweite, letztlich aber und zu allererst war Kristyna doch meine Oma. Langsam fuhr ich neben ihr her. Am liebsten wäre ich abgestiegen und hätte sie umarmt.

Aber sie hatte schon wieder Oberwasser. »Weißt du überhaupt noch, wo wir sind, Malina? Kennst du dich noch aus?«

»Heimfinden musst du für uns«, rief ich ihr zu. »Aber es ist doch schön hier, stimmt's?«

»Ja, ja, stimmt schon.«

»Hier steigen wir ab«, sagte ich. Keine Ahnung, warum ich das ausgerechnet jetzt sagte. Kreuz und quer hatte ich uns durch den Wald gelotst, ohne zu wissen, wohin. Kristyna aber sah mich an, als versuchte ich, sie an der Nase herumzuführen.

»Ganz zufällig hier« sagte sie, »ganz zufällig steigen wir hier ab.«

»Ja. Ist doch fein hier, lass uns ein paar Schritte

gehen, dort drüben schaut es nett aus.« Ich steuerte auf eine Sonneninsel inmitten der Bäume zu. Und dann mit einem Mal stand ich. Mir war, als wäre nicht ich stehen geblieben, sondern als wäre ich stehen geblieben worden. Ich weiß schon, ist ein Blödsinn, aber so fühlte es sich an. Ich stand also. Und mein Herz schlug. Ich wusste noch gar nicht so recht warum, aber mein Herz ahnte offenbar etwas. Und dann sahen es auch meine Augen, obwohl ich noch immer nicht ganz begriff. Ein tafelförmiger Stein. Aus massivem Granit. Er steckte in der Erde, als hätte ein Riese ihn in den Boden gerammt. Mein Blick glitt weiter, die geschwungene Lichtung entlang, und da sah ich in einiger Entfernung einen weiteren Block und noch einen und unmittelbar hinter ihm einen weiteren und anschließend an die beiden noch und noch und noch welche. Steinblöcke, ruhend in der Erde.

Mein Gott, Steine, was soll's, könnte man nun sagen, aber gerade noch waren wir mitten im dichten Nadelwald gewesen und jetzt ins Licht geworfen, in einen Kegel aus Sonne, eingefasst von dieser unwirklichen Kulisse, siliziumfunkelnden Menhiren.

Ich stand, noch immer stand ich, und schaute in dieses Rund aus Licht und Wärme. Und dann ging ich in die Knie, sank nieder und rührte mich nicht mehr. Vielleicht, ich kann's nicht ausschließen, war es eine Folge der Bewusstlosigkeit, vielleicht hatte sie mich mehr mitgenommen, als ich zugeben wollte. Mit einem Mal brachen Tränen aus mir.

»Oma, warum hast du mir das noch nicht gezeigt?«

»Ich hätt's dir schon noch gezeigt, aber du hast es ja nicht erwarten können.«

Ich strich mit den Händen über den Waldboden, strich über Fichtennadeln, über Moos. Eine Ameisenstraße, jetzt erst bemerkte ich sie. Sie war anders als jede Ameisenstraße, die ich bisher gesehen hatte, zweispurig. Die Ameisen liefen eng nebeneinander in entgegengesetzte Richtungen. Sie mochten es schon lange tun, womöglich über Generationen, denn die Kolonnen bewegten sich in einem Hohlweg, den sie im Lauf der Zeit in den Boden getreten haben mussten. Ich beugte mich nahe heran. Soweit ich sehen konnte, transportierte keine der Ameisen auch nur irgendetwas. Es konnte doch nicht sein, dass sie bloß von Stein zu Stein rannten. Ich richtete mich auf und sah in die Weite. Die Granitblöcke schienen die gesamte Lichtung zu umschließen, in wechselnden Abständen säumten sie den Waldrand, teils im gleißenden Sonnenlicht, teils kaum wahrnehmbar im Schatten der Bäume.

Kristyna trat neben mich.

»Was ist das hier, Oma?«

»Du hast uns«, sagte sie verblüfft und amüsiert zugleich, »ins Tal der Dichter geführt.«

Ich ging auf den ersten Steinblock zu, er steckte schief, beinahe umgekippt in der Erde. Türkises schuppiges Moos bewuchs ihn, ein kleines Korallenriff, geklammert an Granit.

»Warum Tal der Dichter, Oma?«

»Eine Gruppe von Schreibern besiedelte angeblich einmal die Talsenke. Vielleicht waren es auch nur Spinner. Oder Mönche, oder Bauern, denen langweilig war, man weiß es nicht genau. Es heißt, die Siedler hätten alle sieben Jahre nur ein Gedicht festgehalten und sämtliche anderen, die während dieser Zeit entstanden sind, in der Mitte der Lichtung verbrannt. Wenn das stimmen soll«, sagte Kristyna, »hätten sie aber Papier haben müssen, na ja, mach dir selbst einen Reim drauf.« Nur ein Gedicht alle sieben Jahre jedenfalls, wiederholte sie und zog ein Gesicht, als ginge ihr nicht ein, wie man auf solch eine Idee verfallen konnte, meinte aber unmittelbar danach, dass die Siedler wohl die drängendsten Zeilen wählten, jene, die ihnen Sinn schenken sollten oder Trost für die nächsten sieben Jahre – bis sie erneut nur eines aus ihren Werken aussuchen würden, um nur dieses eine eigenhändig in Stein zu meißeln.

Kristyna-Oma machte eine lapidare Kopfbewegung und da erst nahm ich die Schrift im Stein wahr. Wind und Wetter hatten die Gravur schwer lesbar gemacht. Das erste Wort, das ich erkennen konnte, war *Nichts*. Ich strich mit dem Zeigefinger die Kerben entlang:

Nichts bleibt
Deshalb sieh
Deshalb fühl
Einmal noch

Wie schön, dachte ich, zugleich zog es mich aus Neugier schon zum nächsten Stein. Sieben Jahre hatte ein Mensch darauf verwendet, dieses Gedicht in sich lebendig werden zu lassen, um schließlich Buchstabe für Buchstabe in Granit zu meißeln. Und ich? Nahm es mir einfach so, beinahe im Vorübergehen.

Der Vers am nächsten Stein musste von jemand anderem gemeißelt worden sein. Die Schrift war kleiner, graziler. Ich berührte sie, vorerst zögernd, als öffnete ich probeweise ein Buch, um herauszufinden, ob wir zueinander passen mochten. Von der Verwitterung waren die Kanten der Buchstaben wie abgeschliffen, mehr noch als beim Block zuvor. Wort für Wort würde ich mir aneignen müssen. Doch wie gut! Es war doch gut, dass ich gezwungen war, langsam zu lesen. Buchstäblich tastete ich mich voran. Buchstäblich auch begriff ich; begriff die Wörter, begriff den Sinn und den Klang dieses Steins.

Mit der Spitze des Zeigefingers berührte ich den Versanfang, die obere Rundung eines *O*. Ich zeichnete dessen grobkörnigen Schwung nach, ließ mich leiten von der Fuge im Granit, befühlte den sonnenwarmen Bauch dieses *O*. Daraufhin glitt mein Finger zum zweiten Zeichen, las es auf. *H*, ein kleines *h*. Gemeinsam mit dem *O* von vorhin ergab das ein staunendes *Oh*.

In der vierten Zeile benahm sich ein Buchstabe geradezu übermütig, ein munteres Auf-und-ab war er. Mein Finger strich seine Adern entlang: die Kerbe nach oben, unten, oben, unten. M. Es war der Beginn von Musik.

Ohne dich,
die du dies liest,
wären diese Zeilen nicht.

Klanglos Musik,
Bildnis finster.

Etwas Kindisches dachte ich nun. Ich dachte: Als wären diese Verse für mich gemacht. Und auch die übrigen steinernen Seiten der Lichtung. Und dann kam mir noch eine kindische Idee, dass ich mich nämlich in die Mitte dieser Lichtung stellen könnte, die Arme ausbreiten, die Augen schließen, mich im Kreis drehen, um all diesen Zeilen zugleich zu begegnen, sie alle in einem einzigen Moment, einem einzigen Wirbel aufzunehmen in mich, diese gesamte Bibliothek.

Ich sah zum nächsten Granitblock, unmittelbar hinter ihm stand ein zweiter. Dieser Vers war in den äußeren der beiden gemeißelt:

Weißt du um die Welt
Nie mehr vergeht der Schrecken
Deshalb vergiss, Geliebter
Vergiss, vergiss
Wie es alle tun

Ein Moosbett verband die Steine und die Zeilen auf dem zweiten schienen mir wie eine Antwort auf den Vers zuvor.

VERLIERE DICH, GELIEBTE
IN MEINEN AUGEN
IN MEINEN AUGEN, GELIEBTE
FINDE DICH

Der Block danach war mit Abstand der größte. Und der erste, der weder nach vorne noch nach hinten geneigt war, sondern lotrecht sauber in der Erde stand. Bloß zweizeilig war sein Vers und auf Anhieb zu lesen. Die Wörter stachen so deutlich ab vom Rest des Steins, als wären sie dem Granit erst gestern eingeschrieben worden oder als käme täglich jemand vorbei, sie frisch zu halten. Als ich genau hinsah und kapierte, was da stand, verkrampfte sich mein Herz. War das ein Streich? Ein böses Spiel? Exakt diese Zeilen, exakt so wie auf diesem Stein: Vor vielen Jahren hatte ich sie mir unter die Haut schreiben lassen. Meine Worte waren das.

In diesem Moment
Und immer

Es war meine einzige Tätowierung, ich trug sie am Oberarm, knapp unterhalb der Schulter. Die Schrift war zittrig ausgeführt und vernarbt, doch das war nebensächlich. Sie sollte mich an etwas erinnern. Etwas Wichtiges, Entscheidendes. Daran, dass ich lebte.

Selbst wenn es stockdunkel war um mich, diese vernarbten Buchstaben unter meiner Haut konnte ich berühren. Verlässlich waren sie da.

Ich hatte mir das Tattoo nach einer Krankheit, nach einem langen, viel zu langen Aufenthalt in einer Klinik mehr einritzen als tätowieren lassen. Diese fünf Wörter waren die Essenz dessen, was ich wusste von mir und der Welt. Und jetzt das: meine fünf Wörter auch auf diesem alten Stein.

Als Mädchen dachte ich, wenn ich nur diese fünf Wörter rettete, würde ich mich unmittelbar an alles Weitere ebenfalls erinnern. Es war ein Code, eine Nachricht an mich selbst. Doch heute? Es ist erschreckend, heute weiß ich nicht einmal, wen ich damals überredete, mir, einem Kind, diese Tätowierung zu verpassen. Genau erinnere ich mich absurderweise, warum ich mir die Zeilen ausgerechnet auf dem Oberarm einschreiben ließ. Ich wollte es machen wie die Seefahrer. Bei ihnen war es ein Anker, der sie während der Fahrt übers offene Meer an daheim erinnerte, an den sicheren Hafen, den es gab, geben musste, irgendwo. Mir schenkten meine Zeilen jene Gewissheit.

Doch nun, war nun nicht alles anders?

»Malina, brauchst du Wasser?« Kristyna griff stützend nach meinem Arm. »Gleich in der Nähe ist ein Bach.«

»Nein, danke, Oma. Es geht schon wieder. Mir war nur schwindelig.«

»Oma? Waren wir schon einmal hier? War *ich* schon einmal hier?« Ich zog den Ärmel meines T-Shirts nach oben. Sie hob die Augenbrauen, besah meine Tätowierung, ein wenig überrascht nur und zugleich mit einer müden Traurigkeit, als wäre ihr ein längst vergangenes, schönes Bild in den Sinn gekommen. *In diesem Moment. Und immer.* »Es kann auch nur Zufall sein, Enkelin, weißt du. Einfach nur Zufall. Du bist schließlich nicht die Einzige, die sich Gedanken macht.« Und gehöre es, fragte Kristyna, nicht auch zum Wesen von Poesie und Literatur, dass man sich darin wiederfinde? So vor den Kopf gestoßen wiederfinde, als handelte es sich um das eigene Leben, die eigenen Worte? »Das ist doch so, Frau Literaturstudentin, nicht wahr?«

Ihr, erzählte Kristyna-Oma mit heller, aufmunternder Stimme, spräche der Text des nächsten Steinblocks aus der Seele. Jedes Mal, wenn sie ihn lese, müsse sie lächeln.

Am Ende meiner Zeit
da ich alles gesehen
wunderte ich mich
wie am ersten Tag.

»Und auf dem Stein dort drüben«, Großmutter wies in die Richtung, sei etwas über das Wesen der Literatur eingeschrieben. »Ist also genau das Richtige für dich«, zog sie mich auf. Sie fuchtelte mit den Händen, als wollte sie mich verscheuchen, und redete auch, als hätte sie nicht mich, sondern ein kleines Mädchen vor sich: »Lauf schon einmal vor, Enkelin, nun lauf schon, schau es dir an!«

Und weil ich das Leben nicht verstand,
möcht ich's einmal noch beschreiben

- 30 -

Gerne wäre ich länger im Tal geblieben. Besonders nach diesem Gedicht:

Wie groß du bist?
Sieh hinauf in die Unendlichkeit.
Sieh hinaus zu den Sternen.
Groß genug bist du,
dies zu sehen.

»Wir müssen warten, bis es finster ist«, sagte ich. Doch Kristyna meinte, den Sternen könne ich ebenso gut von der Veranda aus hinterherstarren. Forsch ging sie voran, in die Richtung, in der wir unsere Räder abgestellt hatten.

Dass Jakob mir am Vormittag das Leben gerettet hatte, begriff ich erst abends. Und dass ich ihm nicht einmal gedankt hatte, fiel mir auch dann erst auf. Umso heftiger drängte es mich, ihn zu umarmen – auf der Stelle.

Ich musste ihn sehen, sofort reden mit ihm, Zettelchen austauschen.

»Oma, ich will zu Jakob. Ich fahr mit dem Mercedes, du musst mir zeigen, wo er wohnt.«

»Jetzt auf einmal? Aus heiterem Himmel? Das reicht doch auch noch morgen. Und mit deinem Kübel kommst du sowieso nicht zu seiner Hütte, die liegt hinter einer Anhöhe mitten im Wald.«

Ich wollte Jakob eines der Gedichte schenken, eines vom Tal der Dichter. Im Sitzen drehte ich den Hintern zur Seite und griff in die Gesäßtasche meiner Jeans, holte die Notizen hervor, die ich mir im Tal auf den Mit-Jakob-reden-Zetteln gemacht hatte.

Wie stark
mein Herz
mir schlägt.

Endlich
Du
bei mir.

Zu theatralisch.

Der Mann,
der nachts bei mir
stahl des Feuers Glut.

Bis heute
wärmt sie mich

Nicht schlecht. Könnte ihn eifersüchtig machen. Oder er versteht es als einladende Anspielung.

Ich blätterte weiter.

Schnell, berühr mich,
wenn du möchtest,
leise an der Stirn,
fühle meine Zeilen.

Ja, das war das Richtige! Ein Vers übers Schreiben und Lesen. Und zugleich ein Zeichen meiner Sehnsucht, jedoch ganz zart, ganz unverfänglich. *Schnell, berühr mich, wenn du möchtest, leise an der Stirn, fühle meine Zeilen.* Ja, das war's.

- 31 -

Sie könne mich heute nicht zu Jakob begleiten, sagte Kristyna, sie erwarte Besuch. »Leopold?«, fragte ich, hätte mich gefreut, wenn der Graf uns erneut Gesellschaft geleistet hätte. Kristyna und ich hatten nicht darüber gesprochen, aber ich war sicher, dass die beiden eine Liebschaft hatten. Großmutter winkte ab, nein, nein, anderer Besuch, einer ihrer Stammkunden. Im Grunde genommen, sagte Kristyna, *der* Stammkunde. Und zugleich ein alter Freund.

Wir hatten gefrühstückt und ich den Abwasch erledigt, als der Wagen des Stammkunden, geräuschlos beinah, nur das gläserne Knistern der Reifen war zu hören, vom Sandweg auf die Wiese bog und dieselbe enge Kurve ums Haus nahm, die Großmutter mir bei meiner Ankunft gewiesen hatte. Der Wagen des Stammkunden würde neben meinem parken, verborgen vor allen, die sich durch den Wald bis hierher zu Großmutters Haus verirren mochten.

Eilig trocknete ich meine Hände im Geschirrtuch, lief auf Zehenspitzen – als ob das nötig gewesen wäre – von der Küche nach hinten zu meinem Zimmer. Vom Fenster aus würde ich den Stammkunden aussteigen sehen.

Kristyna. Eben vorhin waren wir mit zerraufter Frisur, was heißt Frisur, mit der schlimmsten Unfrisur und ungeschminkt und alles in allem wie die Hippies auf der Veranda gehockt und hatten unseren Morgenkaffee geschlürft. Doch jetzt – welche Verwandlung! Mit gestrafften Schultern schritt sie vor meinem Fenster vorbei, mit roten Lippen, einer Geschmeidigkeit, einer, ja, Erotik, dass mir der Mund offen stehen blieb. Aus dem Wagen des Stammkunden war ein reifer Mann gestiegen, groß, mit der Statur eines ehemaligen Boxers, beleibt, aber immer noch sportlich für sein Alter, braun gebrannt und mit einem Lächeln, das sagte, okay, mir gehört dieser Planet, aber was soll's. Er stand neben dem Wagen, Kristyna ging auf ihn zu. Er öffnete die Arme, doch nicht weit wie für eine Umarmung, sondern mit nach oben offenen Händen, als ob er sagen wollte, da ist sie, da kommt sie, die begehrenswerteste Frau dieses, meines Planeten. Kristyna-Oma schwebte ihm entgegen und dann machten beide den letzten Schritt und er nahm sie. Verdammt. So, ja so musste ein Kuss sein.

Kristyna und der Stammkunde – ich stand stocksteif, um ungesehen zu bleiben – gingen an meinem Fenster vorbei. Er legte ihr die Hand auf den Hintern. Nicht beiläufig, nicht wie unabsichtlich. Seine Hand lag auf Kristynas Hintern, als gehörte sie dort so selbstverständlich hin wie das selbstzufriedene Lächeln in sein Gesicht. Oma schien beides zu gefallen.

Der Stammkunde trug ein rosa Hemd (Rosa, Eilmeldung bestätigt!), trug es weit, wirklich sehr weit offen, sodass es unmöglich war, das Goldkettchen (ich wiederhole: Goldkettchen!) zu übersehen, obwohl es sich in seine krause Brustbehaarung schmiegte, die so üppig war, man hätte glauben mögen, aus dem Oberkörper dieses Mannes quelle ein Schaf.

Auf welche Typen stand Oma nur? Aber okay, dieser Kuss … der entschuldigte alles.

Außerdem hatte ich mir doch vorgenommen, Männer nicht mehr nach ihrem Äußeren zu beurteilen. Weder in die eine noch in die andere Richtung. Auch wenn's schon eine Weile her war, der auf den ersten Blick bisher vielleicht Attraktivste – perfekter Blick, perfektes Lächeln, perfektes Drum und Dran – hatte sich binnen dreier Sätze als gänzlich unbrauchbar herausgestellt. Er hatte sich in dem Studentenlokal, in dem ich damals kellnerte, an die Bar gesetzt und als wir ins Reden kamen und ich ihm von meiner Leidenschaft für Literatur erzählte, sagte er im Ton des Allwissenden: »Literatur ist völlig unnötig.«

»Romane bringen nichts«, legte er nach, er lese ausschließlich Sachbücher, die brächten ihn in seiner Karriere voran. Ich musste laut lachen. Dann hielt ich inne, sah diesen Typen von oben bis unten an, er gaffte zurück, und ich musste erneut losprusten. So herzerfrischend zerkugelt habe ich mich danach lange nicht mehr. Und weil er vermutlich nach wie vor keine Romane liest, weiß er bis heute nicht, dass er damals als gefährlich interessanter Mann ins Lokal gekommen ist und es wenig später als Witzfigur verließ.

Ich stand gedankenverloren schmunzelnd da, hatte wohl blicklos durchs Fenster gesehen. Und fuhr erschrocken zurück. Vor mir, auf der anderen Seite der Fensterscheibe, stand jemand und … äffte mich nach; gaffte, so dumm wie ich vermutlich gaffte.

Ein Zwerg!, dachte ich. Und tatsächlich stand vor meinem Fenster ein kleinwüchsiger Mann mit breitem Kopf, Bürstenfrisur und runder Nickelbrille. Er ahmte mein Erstaunen nach, war, wie ich, einen Schritt zurückgewichen. Und nun stemmte er seine Hände in die Hüften und legte lächelnd den Kopf schief – gleich mir.

Mit einem Ruck zog ich den blickdichten Vorhang zu, ging zur Veranda.

»Da bist du ja, Malina«, sagte Großmutter.

»Es ist also wahr, die Schönheit liegt in der Familie«, begrüßte mich der Stammkunde.

»Mich beachtet gar nicht, mich gibt's gar nicht«, sagte der Kleinwüchsige, als er um die Ecke gebogen kam. Er wuchtete seinen Körper in einem Schwung auf die Veranda, blieb dort, wo er gelandet war, auf dem Dielenboden sitzen und überschlug seine Beine. Kristynas Blick, die Wölbung ihrer Augenbrauen, ihre Mundwinkel – mir schien, sie war amüsiert. Vermutlich über das Wiedersehen eines alten, nicht ganz unkomplizierten Freundes. Aufrecht ging sie die drei, vier Schritte zu ihm, führte ihren Handrücken nahe an sein Gesicht, indem sie den Arm nach unten schlenkern ließ. Der Kleinwüchsige streckte sich und küsste schmatzend ihre Adern.

»Deine Omi«, sagte er in meine Richtung, »war immer schon eine heiße Braut, das kannst du mir glauben, meine Kleine, aber nie war sie so heiß wie heute. Und wie damals in Monte Carlo.«

»Du hast versprochen, dich zu benehmen, Fred.«

»Klar Chef, ganz klar, beachtet mich gar nicht, mich gibt's gar nicht.«

»Hast du es mit?«, fragte Kristyna.

Der Stammkunde antwortete mit einem schiefen Grinsen, seine Augen aber verrieten, es gelang ihm nicht immer, der harte Kerl zu sein, für den er sich ausgab. »Freilich habe ich es mit, Kristyna, ist doch Ehrensache.« Er blickte zum Kleinwüchsigen. Der schnaufte angestrengt, noch bevor er sich auch nur gerührt hatte, rappelte sich auf, als wäre das schon eine Zumutung, und eilte überraschend sportlich zum Wagen, indem er seinen kompakten Körper im Schaukelschritt hin und her warf.

Zwei Minuten später kam ein hochformatiges Gemälde um die Ecke geschwebt. Von Fred, der es trug, waren nur die Beine zu sehen und, seitlich am Bilderrahmen, die Hände. Wie professionell: Für das Tragen des Gemäldes hatte Fred weiße Stoffhandschuhe übergezogen. Er sprang auf die Veranda und streckte uns das Bild entgegen – ein abstrakter, löwenähnlicher Engel flog auf uns zu.

Kristyna-Oma griff sich ans Herz. Ich sah, es war nicht gespielt.

Der Stammkunde war erleichtert. »Gefällt es dir?«

»Du hast es wirklich gemacht, Oma«, sagte ich, »du hast dir allen Ernstes ein Gemälde von Paul Klee gekauft.

»Ja«, sagte der Stammkunde, »aber sie hat es nicht gekauft, es ist ein Geschenk, Kristyna.«

Großmutter legte die Finger beider Hände über ihre Lippen.

»Angelus Novus«, flüsterte sie, »Der Neue Engel. 1920 von Paul Klee gemalt. Weißt du, Malina, das, was du hier siehst, existiert angeblich gar nicht. Klee hat dieses Gemälde in der Öffentlichkeit nie gezeigt. Er malte es spiegelgleich zu seiner berühmten gleichnamigen aquarellierten Zeichnung.«

»Fred, wackle doch nicht so herum mit dem Bild«, sagte der Stammkunde, bemüht, die Stimmung nicht durch einen strengen Ton zu verderben. »Stell das Bild doch einfach ab. Ja, na also. Und wenn du so weit bist, kannst du dann loslegen.«

Fred schloss hinter der Nickelbrille für einen gedehnten Moment die Augen, als sammelte er sich für seine vorbereitete Laudatio und sagte endlich mit würdiger Miene: »Um die achtzig Engelsbildnisse schuf Paul Klee. Dieses ist sein größtes. Ein Tagebucheintrag des Künstlers lässt uns erahnen, weshalb Klee sich den Engeln zuwandte, diesen luziden Wesen, gleitend zwischen den Welten. Klee schreibt« – mit einstudierter Emphase warf Fred seine Bürstenfrisur zur Seite – »ich zitiere den Künstler nun frei: ›Diesseitig bin ich nicht fassbar, denn ich wohne im Himmel wie auf Erden. Etwas näher dem Herzen der Schöpfung als üblich und noch lange nicht nahe genug.‹«

Der Stammkunde beobachtete Kristyna und sah, dass er mit Freds Nummer zufrieden sein durfte. Er hob sein Kinn, was hieß, mach weiter.

Fred holte einen Zettel hervor, bettete ihn in Brusthöhe auf das vielleicht einen Meter hohe Gemälde und fuhr würdevoll fort: »Der Philosoph und Schriftsteller Walter Benjamin, der lange im Besitz der gleichnamigen Zeichnung war, schrieb folgendes über Angelus Novus, ich zitiere auszugsweise: ›Ein Engel ist darauf dargestellt, der aussieht, als wäre er im Begriff, sich von etwas zu entfernen. Der Engel der Geschichte muss so aussehen. Er möchte verweilen, aber ein Sturm weht vom Paradiese her. Dieser Sturm‹«, Fred blickte in eine imaginäre Ferne, »›dieser Sturm treibt ihn unaufhaltsam in die Zukunft, der er den Rücken kehrt.‹«

Ich applaudierte als Einzige. Fred verbeugte sich.

»Jetzt nageln sie das Bild an die Wand, oder was denkst du denn, Kleine«, sagte Fred, nachdem eindeutige Geräusche aus dem Hausinneren zu uns auf die Veranda gedrungen waren.

»Brauchst dich nicht beunruhigen, meine Kleine, der Omi geht's gut. Ich weiß, was du denkst, du denkst, die Omi bedankt sich im Schlafzimmer für das Bild, das ihr der Boss hat zukommen lassen, aber ich kenn die beiden, ich kenne sie schon lange, meine Kleine, und ich sage dir, es ist umgekehrt. Der Chef bedankt sich bei deiner Omi, dass sie es ihm erlaubt hat, ihr etwas so Wertvolles zu schenken, ja, so sieht's aus.

Deine Omi, weißt du, um die hat man sich noch nie Sorgen machen müssen, selbst wenn sie in allerlei Situationen war, in denen man sich um jede andere Sorgen gemacht hätte. Aber deine Omi hat es immer verstanden, den Spieß umzudrehen, weiß der Teufel, wie sie das anstellt jedes Mal. Wahrscheinlich hat sie einfach mehr Grips und das richtige Gefühl für Situationen, was weiß schon jemand wie ich. Wenn ich sie gefragt habe, Kristyna-Schatz, wie machst du das immer, hat sie mir nur ein Wort hingeworfen: *Esprit.* Sie hat es sehr sinnlich ausgesprochen, weißt du, so französisch hat sie es ausgesprochen, so mit einem Hauch von feuchtem Zungenschlag. Und dieses *Ehsbhriehhh* hat alles enthalten, was man sich nur erträumen und herbeifantasieren hat können. Aber ich habe dem Chef versprochen, mich zusammenzunehmen, und wenn ich was sage, meine Kleine, das dir nicht gefällt, denke es dir einfach weg, beachte mich gar nicht. Jedenfalls ist die ganze Welt abgefahren auf den *Ehsbhriehhh* deiner Omi. Die ganze Welt, nur die Leute aus ihrem Dorf nicht und ihre eigene Familie nicht, auch nicht dein Papi und deine Mami, besonders die Mami nicht, die ganz und gar nicht, hat stattdessen Schwachsinn behauptet, von wegen die Omi bringe Schande über die Familie, wobei gerade die Mami es nötig hatte, aber papperlapapp, ich habe hoch und wenig heilig versprochen, mich zusammenzureißen, also hör gar nicht hin. Die Offenherzigkeit und noch mehr die Offenkopfigkeit deiner Omi, weißt du, die ist für viele, die es ihr Leben lang anders gehalten haben, na ja, zu offen. Wenn kleinkarierte Leute eine erleben wie deine Omi, die mutig und frei ist, bekommen solche Leute ein blödes Gefühl, weil sie kurz an sich denken müssen. Und weil es für die Leute viel zu kompliziert wäre, sich zu ändern, und viel einfacher, anderen zu verbieten, was sie sich selbst nicht erlauben, na ja, den Rest kannst du dir denken.

Die geniale Idee mit ihren Schmauchwaren zum Beispiel, du weißt schon, die Godfather, die Able und die Sputnik. Man könnte es sich leicht machen und sagen, deine Omi scheffelt einfach viel Kohle mit dem Stoff, und das stimmt auch, aber deine Omi ist nicht nur eine clevere Geschäftsfrau. Mit Dutzenden anderen Ideen nämlich hätte sie genauso viel Kohle und vielleicht noch mehr machen können. Aber nein, die Godfather, die Able und die Sputnik mussten es sein. Und weißt du warum? Weil deine Omi eine Missionarin ist. Ja, meine Kleine, da kannst du mich beim Wort nehmen: deine Omi, das ist die heißeste Missionarin auf Gottes Erdenrund. Zudröhnen kann man sich mit allem Möglichen, aber mit ihren Dingern öffnet sie das Herz und den Geist und die Augen und die Ohren der Menschen. Aber was rede ich, du weißt sowieso, was ich meine, hast deine Jungfräulichkeit wohl rasch abgelegt hier, nicht wahr? Verzeih, sollte keine Anzüglichkeit sein. Na das mit der Jungfräulichkeit. Aber hör gar nicht hin, wenn dir was nicht gefällt. Jedenfalls, und das meine ich im Ernst, so wahr ich hier vor dir stehe oder lehne oder herumlümmle in meiner Pracht, wenn jemand, irgendjemand es schaffen würde, die Vereinten Nationen zum Beispiel, oder der Papst oder die Tempelritter oder wer verflucht auch immer, wenn es irgendwer schaffen würde, alle Mächtigen zu Stammkunden deiner Omi und ihrer Godfather zu machen, wäre die Welt mit einmal Inhalieren eine bessere, sanftere, gütigere. Siehst es ja an mir, ja, lach nur, an mir siehst du es, kennst mich ja nicht, wie ich früher war, und auch nicht den Boss. Wilde Tiere waren wir – doch heute? Schau uns an. Zu Mäzenen und Lämmern und Gutmenschen hat uns deine Omi gemacht. Da sage ich nur: Respekt. Ja, Respekt! Der Friedensnobelpreis wäre angebracht für sie, der zumindest. Und ein Letztes sage ich dir noch, weil du die Enkelin unserer heißen Göttin bist, und obwohl du dich lustig machst über mich wie eine Rotznase, aber ich lass es dir durchgehen, weil ich so ein Gutmensch bin und sage dir: Du glaubst vielleicht, Bücher verändern die Welt, und das ist ja auch ein herziger Gedanke, aber in Wirklichkeit verändert nur eines die Welt: Egoismus. Und das Kraut deiner Omi hat das Zeug, den schlimmsten Egoismus in Rauch aufzulösen, in wohlig duftenden Rauch, und ihn zu verwandeln in guten Egoismus. Stell dir nur vor, wenn sich die Konzernbosse und Staatenlenker vor ihren großen Entscheidungen eine Godfather reinziehen würden, was glaubst du! Denen gingen die

Augen auf und die Herzen und sie könnten gar nicht anders, als endlich tun, was sie in ihren Sonntagsreden versprechen. Eine Revolution wäre das, eine Weltrevolution. Ja, lach nur, lach nur, Kleine.

Was meinst du, sollen wir noch eine rauchen, eine Sputnik vielleicht? Oder machen wir gemeinsam einen Sprung ins Marihuanafeld? Das war nicht anzüglich gemeint, versprochen, würd ich mir nie erlauben. Hab mich nur verplappert, einen Sprung *zum* Marihuanafeld, nicht *ins*, zum, zum, zum Marihuanafeld hab ich gemeint, rauf auf den Dachboden. Was schaust du so rehäugig, sag bloß, das hat dir die Omi noch nicht gezeigt? Da hast du aber was verpasst. Ist ein Schmuckkästchen, meine Entwicklung, alles vollautomatisch, Bewässerung, Wärmelampen, und der Gratisstrom abgezweigt von der Hauptleitung, niemand merkt's, tja, Handwerk hat goldenen Boden oder Dachboden oder wie immer man das sagt.

Na endlich! Chef! Ich rede mir hier heraußen schon Zunge und Lippen wund, um die Kleine bei Laune zu halten trotz eurem Gerums da drin. Nicht nur Klees Engelchen hatte wohl einen himmlischen Höhenflug, soll sein, soll sein, hängt das Bild jetzt wenigstens lotrecht und sauber?«

- 32 -

Nachts hatte Regen das Land gegossen. Blitze durchfuhren mein Zimmer, rekelten sich zuckend an den Wänden. Ich sah sie durch geschlossene Augenlider.

Erwacht war ich vom näher kommenden Donner, der die dünnen Fensterscheiben vibrieren ließ und wenig später, zum Höhepunkt des Unwetters: dumpf dröhnen. Als wäre ein Riese vom Himmel gesprungen und hätte in die regennasse Wiese vorm Haus eine Arschbombe gemacht.

Am Morgen dann – der Himmel blitzblank. Die Sonne trocknete die Grashalme und die Amseln stimmten sich variantenreich auf den Tag ein. Die wilde Nacht hatten sie sorglos schlafend verbracht, geduckt in Astgabeln, geschützt in dichtem Gestrüpp. Ich blickte empor zu ihnen. Freiluftkonzert, Freudentaumel.

»Ein letztes Schachspiel?«, fragte Oma

»Wieso ein letztes? Schmeißt du mich raus?«

»Als du vor vierzehn Tagen angereist bist, hast du gesagt, du hättest vierzehn Tage Urlaub, schon vergessen?«

Ja, hatte ich. Und vermutlich hatte ich es vergessen wollen. Ohnehin war mir in Großmutters Haus schon nach ein paar Tagen die Zeit verloren gegangen. Oder jedenfalls ihr zwanghafter kleiner Bruder, der nie ruhig sein konnte zwischen Mails, News und Smartphone-Blicken. An seine Stelle war die beinahe vergessene große Schwester der Zeit getreten mit ihrem gelassenen Pendeln zwischen Tag und Nacht, Sonne und Sternen.

Ich kann noch nicht fahren, dachte ich. Ich kann unmöglich morgen schon wieder fahren! Ich bin doch noch gar nicht fertig!

Aber womit denn fertig?, fragte die große Schwester der Zeit.

Ja, womit? Womit nur?

Mit mir?, fragte ich versuchsweise.

»Malina?« Kristyna-Oma berührte mich am Handrücken. Ich hörte sie, fühlte sie, beides, als läge ein Stückchen Schlaf zwischen uns.

Womit also? Womit war ich noch nicht fertig? Was fehlte mir denn? Welche Erwartungen hatte ich denn gehabt, als ich hierhergekommen war? Ich hatte Oma gefunden, das war doch das Wichtigste. Dank Fred, vorwiegend jedenfalls dank ihm, wusste ich, warum sie bei uns daheim gemieden worden war. Geklärt war auch, wie sie das viele Geld verdiente, von dem sie mir einen ganzen Packen per Post hatte zukommen lassen. Doch so wichtig mir die Beantwortung dieser Fragen vor Kurzem noch erschienen war, so nebensächlich empfand ich sie jetzt.

Es musste doch noch etwas geben. Etwas Bedeutenderes, Größeres.

Jakob? Papperlapapp, würde Fred sagen. Kleine, vergiss den Kleinen, würde Fred sagen, such dir einen richtigen Mann, würde Fred sagen, nimm mich, würde er sagen und mir durch seine Nickelbrille zuzwinkern.

Aber was war es dann?

Ja klar, die Tür! Die Tür ins – *Personaleingang. Zutritt nur für Befugte* – *Zentrum des Universums.* War es das gewesen, was ich mir herbeigesehnt hatte? Derlei Götterdämmerung? Metaphysische Erkenntnisse im Angesicht des Nichts? Es hatte mich beinahe das Leben gekostet. Wollte ich davon noch mehr?

Die Tür jedenfalls stand mir jederzeit offen, ich konnte erneut den *Personaleingang* in der Mitte von Großmutters Haus nehmen, nur dieses Mal ohne mich dabei erwischen zu lassen.

»Ob ich morgen fahren möchte, weiß ich noch nicht, Oma. Aber ja, lass uns Schach spielen. Und lass uns so tun, als wäre es das letzte Mal.« Ich wollte hören, dass ich bei ihr bleiben könne, bleiben so lange ich wollte, doch Kristyna sagte nichts.

»Wie viele Liebhaber hast du eigentlich?«

Sie sah amüsiert auf. Wir hatten soeben alle Figuren auf dem Brett in Position gebracht.

»Ich dachte, wir spielen Schach? Du hast Weiß und beginnst.«

»Also. Wie viele Liebhaber, Oma?«

Sie kräuselte die Lippen. »Ich zähle nicht mit, Enkelin. Aber solltest du fragen, weil du dir Sorgen um Graf Leopold machst, er ist nicht eifersüchtig.«

»Echt nicht?«

»Nein. Er weiß nichts von den anderen … Was schaust du so vorwurfsvoll? Es würde ihn nur nervös machen, wüsste er von den anderen. Alle würde es nervös machen, mehr oder weniger, wüssten sie von den anderen. Spielen wir jetzt Schach, Malina, oder nicht?«

»Okay, Oma, du zählst nicht mit, aber wie viele Liebhaber ungefähr?

»Keine Ahnung!«, rief sie mit hoher Stimme, als überforderte sie die Frage ernsthaft. »Außerdem, wo endet eine Freundschaft und wo beginnt eine Liebschaft? Weißt du das etwa immer so genau?«

Klar wusste ich das. Das war doch nicht so schwer.

Schweigen zwischen uns.

Augenkontakt nur mittels blinzelnden Seitenblicken.

»Und einen fixen Freund hast du nicht, oder?«

»Pffft.« Sie wackelte mit dem Kopf. »Ganz wie du es nimmst. Aber ich denke, so wie ihr jungen Leute das heutzutage versteht, nein, einen fixen Freund habe ich nicht. Weißt du, in meinem Alter braucht eine Frau ihre Freiheit, aber eben auch ihre Zuneigung.«

»Es ist also nur gelegentlicher Sex?«

Hatte ich das jetzt wirklich so gefragt?

»Ich mag sie alle, Malina. Ehrlich, ich mag sie. Ich hab sie gerne … Machst du jetzt endlich deinen ersten Zug?«

»So viele Bauern«, sagte ich, »und alle wollen nach vorn zur Dame.«

»In Wirklichkeit fürchten sich die meisten vor der Dame«, entgegnete Kristyna trocken.

Ich eröffnete mit dem Bauern vor dem König, tölpelte ihn zwei Felder nach vorne. Wir spielten drei, vier Züge.

»Wenn du mir nur eine Sache erzählen könntest, nur eine einzige, Oma, welche wäre es?«

»Du weißt aber schon, Malina, dass man das nicht tut?«

»Was?«

»Konversation während des Schachspiels. Beim Schachspielen spielt man Schach. Sonst nichts. Das ist einer der wichtigsten Gründe, warum man überhaupt Schach spielt: dass man alles andere dabei vergisst, alles außerhalb existiert dann nicht.«

»Also. Eine einzige Sache, wenn du mir nur eine einzige Sache mitgeben könntest. Du weißt schon, von Großmutter zu Enkelin, was wäre das?«

Kristyna seufzte.

»Du verlangst Unmögliches, Malina, das wäre so«, sagte sie, »als müsstest du ein Buch, ein einziges, aussuchen für mich.«

»Ganz einfach«, log ich, »ich würde zum Regal mit meinen Lieblingsbüchern gehen und mit zugehaltenen Augen eines herausziehen und es dir hinhalten, ohne nachzusehen, welches es ist.«

Sie sah mich an, erstaunt. Dann wich sie meinem Blick aus. Und sah zwar zum Schachbrett, aber wie durch die Felder hindurch, als beobachtete sie eine Welt jenseits dieser Figuren. Plötzlich sagte sie: »Ich erzähle dir die Geschichte meines Vaters.«

Mir war in diesem Augenblick, als hätte Großmutter ihre Hand auf die Klinke einer schweren Tür gelegt, um sie für uns beide aufzustoßen. Wir waren einander nahegekommen in den vergangenen Wochen, ich jedenfalls empfand es so. Und jetzt, es lag in der Luft, hatte Kristyna-Oma entschieden, ein weiteres Tor für uns zu öffnen, eine Herzkammer tiefer wollte sie uns führen.

Ich durfte sie nun keinesfalls verunsichern. Sachte nahm ich die Hände vom Tisch, lehnte mich so langsam in den Sessel zurück, als gälte es, mich unsichtbar zu machen.

»Wir waren arm«, sagte Kristyna, »als ich ein Kind war, sehr arm. Aber Vater, Papa, trug immer einen Anzug. Er war der Einzige seines Standes, der einen Anzug trug. Er trug ihn morgens bis abends, sommers wie winters, und er versuchte, diesen Anzug unter allen Umständen makellos sauber zu halten und wie neu aussehen zu lassen. Manche Leute, sagte er, würden uns glauben machen wollen, Sein sei wichtiger als Schein, das klinge auch hübsch, doch damit würden sie uns nur klein halten wollen und arm. In Wahrheit, sagte Vater, mache der Schein das Sein. Warum sonst trügen die Bischöfe ihr prunkvolles, einschüchterndes Gewand, warum sonst die Könige ihre Krone, die sie um einen Kopf größer mache? Schaut euch, sagte er zu mir und meinen Brüdern, das Schachspiel an. Was macht den König zum König? Was unterscheidet ihn von den Bauern? Nur ein einziges Feld kann der König vorrücken, anders als die Bauern nicht nur vorwärts, sondern in alle Richtungen, aber: nur ein einziges, jämmerliches Feld. Was also macht den König zum König? Die Krone. Allein die Krone. Würde sie einem Bauern aufgesetzt, wäre er der neue König. Was für ein gewaltiger Unterschied zur Dame, die nur dem König zuliebe Dame und nicht Königin genannt werde, nur seiner eitlen Alleinstellung wegen. Der Königin aber mache das nichts aus, sie wisse um ihre Stärken. Die mächtigste Figur im Spiel sei sie, ihr Wille reiche weit, von einem Ende des Reiches bis zum anderen, völlig frei wähle sie ihre Züge. Also, fragte Vater uns immer wieder, was macht die Dame aus? Und wir antworteten: Sie wählt ihre Züge frei. Danach fragte er: Und was macht den König zum König? Und wir riefen: Ein Stück Metall, das seinen Kopf zusammenhält! Genau, sagte Vater, und darum sollten wir uns nie, niemals täuschen lassen vom Schein der Welt. Beobachten sollten wir Kinder, wie hoch die Kaufleute ihre Nasen trügen, doch wie gesenkt die einfachen Leute ihre Stirn – da bräuchten sie sich auch nicht beschweren, wenn sie zu wenig mitbekämen vom Himmel. Achtet auf euer Äußeres, es wird eurem Inneren guttun, sagte Vater und klopfte Staub ab von seinem für Sommertage viel zu dicken Anzug, in dem er sich Mühe gab, nicht zu schwitzen. Ein gutes Herz reiche nicht, um glücklich zu werden, das sei die Wahrheit, die traurige vielleicht, aber die Wahrheit, und er müsse sie uns nun einmal sagen, wer sonst sollte es tun, sicher nicht die Obrigkeiten, die setzten drauf, dass wir uns begnügten, ihnen den Reichtum ließen und nicht auf die Idee kämen, aufzubegehren.

Meinen Brüdern und mir kaufte Vater einmal einen Ball als Geburtstagsgeschenk. Einen Ball für uns alle gemeinsam, weil für mehr das Geld nicht reichte. Leo, unser jüngster Bruder, ließ den Ball fallen und lief ihm auf die Straße nach. Ausgerechnet da kam ein Auto. Vater riss Leo gerade noch rechtzeitig am Hemdchen zurück und schrie ihn an vor Schreck. Wenn du das noch einmal machst, schrie er, wenn du noch einmal einem Ball auf die Straße nachrennst, dann werde ich dich, dann werde ich dich … Vater wusste nicht weiter. Das Wort verprügeln lag in der Luft, das Wort schlagen, oder irgendeine andere Bestrafung. Doch ich, die Älteste, sah in Vaters Gesicht, dass solch ein

Wort, solch eine Tat ihm nicht passieren würde. Seine Lippen zitterten. Beinahe hätte er seinem Kind aus Sorge und hilfloser Liebe blind und im dummen Reflex mit Gewalt gedroht, beinahe hätte er es gemacht, wie alle in seiner Familie es immer schon gemacht hatten und machten, einfach deshalb, weil sie es nur so kannten. Da kniete Papa nieder vor Leo, kniete sich hin mit seiner Anzughose auf die dreckige Straße, und schloss ihn in die Arme. Du darfst nie wieder einem Ball nachlaufen, wenn er auf die Straße rollt, sagte er. Jeder Ball, der allerschönste der Welt, kann ersetzt werden, aber dich hab ich nur einmal. Vater, mein Vater, er war vielleicht der erste Mann in seiner Sippe, der ein Kind nicht ungerecht bestrafte, nicht von oben herab behandelte, Vater war der Erste, der die Stärke hatte, vor seinem Kind in die Knie zu gehen.

›Lernen, ihr müsst viel lernen, Kinder, nur wenn ihr gescheit werdet, werdet ihr was.‹ Das war auch so ein Spruch von ihm. ›Ihr müsst zumindest so gescheit werden, dass ihr gescheit daherreden könnt, weil dann werdet ihr geachtet. Habt's verstanden? Habt's das verstanden?‹, fragte er energisch. ›Das ist wichtig, dass ihr das versteht‹, stammelte er und ärgerte sich über sich, weil er um die Silben ringen musste, weil sein Wortschatz zu klein war, um uns besser verständlich zu machen, wie wichtig Sprache war, diese Verbindung von Innen und Außen, von Sein und Schein. Oft brach Vater seine Rede unvermittelt ab, mitten in einem Satz stockte er, weil ihm das rechte Wort nicht einfallen wollte, weil seine Gefühle zu schnell waren für seine Zunge. Am selben Tag aber hielt er stand und hob das Kinn, wenn ein Fabrikant ihn, den Tagelöhner, anschnauzte. ›Sie schreien mich nicht an!‹, rief er ihm entgegen. Das war Vater, vor Kindern knien, vor Mächtigen stehen.«

Ich sah zu Großmutter. Bisher war sie mir nie so zerbrechlich vorgekommen, so weich wie jetzt, da sie von ihrer Kindheit erzählte.

Ich war verlegen, wusste nicht, was sagen, sagte »Danke, dass du mir das erzählt hast, Oma«.

»Schach«, sagte Kristyna forsch. Sie stieß auf Teufel komm raus mit der Königin, die dem König zuliebe Dame hieß, quer übers Feld.

»Fred hat gesagt, du hättest einen … Narren an mir gefressen. Ich habe noch nie überlegt, was das bedeutet, ist das eine gemeine Anspielung?«

»Ich habe einen Narren an dir gefressen? Das hat er gesagt?«

»Ja, anscheinend ist es eine alte Redensart.«

»Klar ist es eine alte Redensart. Und du weißt nicht, was sie bedeutet?«

»Nein, also sag schon.«

»Sie bedeutet, dass ich dich ziemlich gut leiden kann.«

»Fred hat gesagt, sie bedeutet, dass du mich zum Verrücktwerden und ganz wahnsinnig gerne magst und ich deine absolute Lieblingsenkelin bin.«

»Warum fragst du, wenn's dir Fred ohnehin schon erklärt hat?«

»Wollt's nur von dir auch hören.«

Schweigen zwischen uns.

Vereinzeltes Vogelgezwitscher von weiter weg.

»Aber wenn das stimmt, dass du einen Narren an mir gefressen hast, warum warst du dann, als wir Kinder waren, nur einmal bei mir, ich kann mich nur an ein einziges Mal erinnern. War es deshalb, weil man daheim schlecht geredet hat über dich?«

»Ich war damals viel unterwegs, geschäftlich und einfach so, um die Welt zu sehen, und dazwischen war ich sehr wohl oft bei dir. Als du krank warst und wirres Zeug von dir gegeben hast zum Beispiel, war ich ziemlich oft bei dir. Du kannst dich nur nicht mehr daran erinnern.«

»Na schön, Oma, ich glaub's dir einfach.«

»Sehr großzügig. Du stehst aber noch immer im Schach.«

Mit dem denkbar simpelsten Zug, Bauer ein Feld vor, wehrte ich ihr Schach ab.

Ich weiß nicht mehr, ob Kristyna-Oma am Zug war oder ich, als wir das Geräusch hörten. Es kam aus dem Haus. Ein Knistern … Rascheln.

Wir saßen einander gegenüber und hielten inne.

»Was ist das?«, flüsterte ich.

Kristyna hob und senkte die Schultern.

Ich stand auf, leiser als ich es tat, konnte ein Mensch nicht aufstehen, und schlich von der Veranda zum Hauseingang. Lauschte. Machte auf Zehenspitzen noch drei, vier weiche Schritte – und linste in die Küche.

Mitten im Raum stand ein großer brauner Papiersack. Stand dort. Und mit einem Mal bewegte er sich. In meine Richtung. Die Geschwindigkeit eines Einkaufssacks ist nicht einfach zu schätzen, mir kam das Tempo, in dem sich dieser gefalzte Sack auf mich zubewegte, jedenfalls einschüchternd hoch vor. Jäh stoppte er. Ich: atemlos. Sekunde um Sekunde geschah: nichts. Dann, mit einem Mal, geriet der Sack wieder in Bewegung, zirkelte nun ruckelnd um die eigene Achse und zum Vorschein kam der Beweger des Mysteriums. Eine Maus. Ein Mäuslein vielmehr. Entzückend anzusehen: braunes Fell, schwarz funkelnde Äuglein. Das Mäuslein ignorierte mich. Versuchte erneut, die Papierwand zu durchnagen und schob dabei den Sack unbeabsichtigt quer retour durch den Raum.

Erstaunlich, dachte ich mit schwerer Sympathie. Welche Hingabe und Energie dieses Mäuslein aufbringt. Wie unnachgiebig es ist. Dieses kleine Wesen, unbedingt will es ans Innere dieser unbegreiflich gigantischen Hülle. Obwohl es nicht weiß, was darin ist; obwohl es nicht einmal weiß, ob denn überhaupt auch nur irgendetwas darin ist. Ich wünschte dieser Maus, dass da etwas war, wünschte es ihr gegen jedes bessere Wissen, ich nämlich war es gewesen, die den Sack abends zuvor in eine Nische gestellt hatte, und zu diesem Zeitpunkt war er leer, gänzlich leer gewesen.

Als ich zu Großmutter zurück auf die Veranda kam, stand das Schachspiel nicht mehr auf dem Tisch. Stattdessen las Kristyna Zeitung und wippte in ihrem Schaukelstuhl.

»Wo ist das Schachspiel?«

»Ich hab's weggepackt, du hast heute ohnehin keinen Kopf dafür.«

»Du kannst doch nicht einfach mitten unterm Spiel alles wegräumen, ich hätte gewonnen!«

»Du hättest verloren«, sagte Kristyna und sog an einer frisch angefachten Able.

»Woher willst du das wissen? Nur weil ich hinten lag? Trotzdem hätte ich doch noch gewinnen können. Ich zitiere meine großmütterliche Schachlehrerin: Im Schach ist es wie im Leben, eine Kleinigkeit kann alles verändern.«

»Das hab ich gesagt?«

»Das hast du gesagt.«

Sie überlegte. Blies Rauch aus. Sah dann in die Zeitung. Und schien für die nächsten Minuten nichts weiter vorzuhaben, als gedankenschwer stumm zu bleiben. Bis sie unvermittelt meinte:

»Na gut, dann jetzt ein neues Zitat für dich: Selbst wenn du denkst, das war der letzte Zug, es ist aus und vorbei, kannst du die Figuren ja doch wieder aufstellen und neu und immer wieder neu beginnen.«

»Ziemlich hölzern für ein Zitat, Oma. Und es besänftigt mich kein bisschen. Du hast einfach abgeräumt!«

»Wir spielen das nächste Mal. Wenn du wiederkommst, Malina. Du kommst doch bald wieder, nicht wahr?«

Endlich!, dachte ich. Endlich fragt sie, dachte ich erleichtert.

»Ich überleg's mir«, sagte ich.

»Ist es eine Maus?«, erkundigte sich Kristyna, als das kratzende Rascheln aus der Küche wieder zu hören war.

»Eine Heldin von Maus. Sie schiebt einen Einkaufssack quer durch die Küche.«

»Ist denn was drinnen?«

»Ich glaub nicht.«

»Du könntest ja was reintun für sie«, meinte Kristyna und nahm sich die nächste Zeitung vor.

Ich könnte ja was reintun für sie, echote es in meinem Kopf. Die Möglichkeit verblüffte mich.

Die internationalen Blätter brachten heute ein und dieselbe Geschichte auf dem Titelblatt. Auch die Formulierung der Schlagzeilen war ähnlich. Und beim Aufmacherfoto variierte nur der Bildausschnitt.

»Uns bleibt immer noch reichlich«, titelte die *Süddeutsche.*

Größte Spende der Weltgeschichte, schrieb die *Neue Zürcher Zeitung.*

Drei Reichste spenden 99 Prozent ihres Vermögens, stand in der *Frankfurter Allgemeinen.*

Auf dem Foto: drei Männer nebeneinander, als wären sie alte Jugendfreunde. Die Arme hatten sie einander über die Schultern gelegt wie eine verschworene Dreierbande und ihre Gesichter strahlten, als hätten sie den Coup ihres Lebens gelandet. Unverstellt und glücklich wirkten sie, wie ausgelassene Buben. Dabei kannte man sie für gewöhnlich als konkurrierende Business-Tycoons. Fast alle Blätter zeigten sie in Nahaufnahme, eine Zeitung aber brachte einen größeren Bildausschnitt, und so war zu erkennen, dass die Männer rechts und links Zigarren zwischen den Fingern hielten, vermutlich auch jener in der Mitte, allerdings verdeckte das Sakko des Nebenmanns die Sicht.

Ich schob Kristyna die Zeitung über den Tisch und legte den Finger aufs Foto. »Mit etwas Fantasie könnte man glauben, die drei Typen heizen gerade deine Godfather fünftausend.«

»Hm«, machte Oma.

»Hm«, machte ich.

Von weit weg war das nervöse Knattern eines Mopeds zu hören. Nach und nach kam es näher. Kristyna holte ihre Geldbörse aus dem Haus und ging nach vorne zum Weg.

Ein- bis zweimal die Woche kam Heinzi vorbei,

der junge Forstgehilfe, um – einfach aus Gefälligkeit, sagte Kristyna, einfach weil er freundlich ist, behauptete sie – Einkäufe zu bringen. Wie die letzten beiden Male stieg er nicht ab, ließ den scheußlich rasselnden Motor laufen und behielt sogar den Helm auf. Widerwillig, oder war er einfach nur schüchtern, nickte er in meine Richtung. Anders als ich es mir vorgenommen hatte, ging ich auch dieses Mal nicht zu ihm, um mich vorzustellen. Widerwillig, oder war ich nur zu schüchtern, hob ich bloß nachlässig den Arm.

Wie rasch dumme Gewohnheiten entstehen!

Ich könnte noch immer hingehen, dachte ich. Und tat es nicht.

Beim nächsten Mal. Beim nächsten Mal würde ich aufstehen und hingehen, einfach hingehen und die Initiative ergreifen, nachsehen, welcher angeblich so dienstgefällige, so freundliche junge Mann sich da sorgsam versteckte unter seinem Helm.

Ich schlug den Feuilletonteil der Zeitung auf. Und erfuhr, dass es zum ersten Mal in der Geschichte der Weltraumforschung gelungen war, einen Asteroiden zu beobachten, der nicht aus unserem Sonnensystem stammte. Seiner Beschaffenheit und Flugbahn wegen galt als sicher, dass er aus dem unvorstellbar weit entfernten interstellaren Raum in unseren Kosmos vorgedrungen war. Nun, was mich anbelangte, ich konnte mir das mit dem *unvorstellbar weit entfernten Raum* durchaus vorstellen. Es war etwa so, als wäre Großmutters Haus das Weltall und draußen vom Gang wehte ein Asteroidenkörnchen Blütenstaub in mein Zimmer. Ich vermochte mir sogar vorzustellen, dass dieses Körnchen von noch weiter herkommen hätte können, etwa von der *unvorstellbar weit entfernten* Küche. Vorstellbar schien mir selbst die wahnwitzige Idee, dass es außerhalb des gesamten Universums, außerhalb von Großmutters Haus also, Leben und andere Daseinsformen gab. Die übrigen Zeitungen berichteten ebenfalls von diesem Asteroiden. *Besucher aus der Fremde* lautete ein Titel. *Extrasolarer Gast* ein anderer. Einigkeit bestand darin, dass es sich um eine Sensation handelte, musste sich der Himmelskörper doch aus dem Gravitationsfeld seines Sternsystems gelöst haben, um in unseres reisen zu können. Es sei, schrieb ein Feuilletonist, als gelänge es einem Menschen, sich aus dem Gravitationsfeld seines Seins zu lösen und in ein anderes, ihm bisher völlig fremdes Leben und Denken vorzudringen.

Kristyna-Oma rumorte in der Küche mit den Einkäufen. Sie öffnete Kastentüren und warf sie zu, schlichtete Dosen und Päckchen in Regale und

Laden. Es war nicht nötig, bei ihr zu sein, um vor mir zu sehen, was sie tat.

Salz, sie riss das Paket auf und ließ die Körner ins geblümte Kästchen aus Porzellan rieseln, schloss dessen Nussholzdeckel mit einem leisen *Klack* und hängte es wieder zurück zum Ofenrohr. Die Hitze dort würde selbst im nebeligen Herbst dafür sorgen, dass das Salz nicht klumpte.

Zucker, zwei Kilopackungen auf einmal, denn die nahezu kübelgroße Blechdose, die Kristyna wie einen Schatz zuunterst in der Kredenz verwahrte, war zuletzt nur noch halb voll gewesen. Das sturzbachgleiche Fließen des Zuckers in diese verbeulte, rostfleckige Dose, das großzügige, ja hemmungslose Auffüllen des Vorrats, ich wusste es, verschaffte Kristyna-Oma ein Gefühl von Wonne.

Den ersten großen Wecken Brot wickelte sie in ein Geschirrtuch, legte ihn in die kühle Mauernische, gleich neben die Kaffeedose und den Sack mit den Roggenkörnern. Der zweite Wecken kam, so wie er war, griffbereit in den großen Brotkorb.

Milch, Butter und Koteletts in den Kühlschrank.

Das Puddingpulver in die linke Lade der Kommode.

Ebenso die zwei großen Tafeln Kochschokolade, das Vanillin und das Päckchen Zimt.

Die roten Linsen, weil sie doch so hübsch anzusehen waren, direkt ins offene Regal über der Arbeitsfläche.

Hätte sie alle Lebensmittel verstaut, würde Kristyna-Oma um sich blicken, als wüsste sie noch nicht, was sie gleich täte. Einen Wimpernschlag später aber ginge sie vor der Kredenz in die Knie. Wartete, ein klein wenig noch. Öffnete die Kredenztür. Und zum Vorschein käme, welch vielversprechender Moment, erneut und verlässlich, die verbeulte Zuckerdose. Mit beiden Daumen spreizte Kristyna den Deckel auf, benetzte ihren Zeigefinger, tauchte ihn in die zuckersüße Oberfläche, nur in die Oberfläche dieses wuchtigen, tief reichenden Zuckervorrats. Sie schlösse den Deckel der Dose, schlösse die Kredenz, stellte sich in die Mitte der Küche, ließe ihren Blick schweifen in eine Ferne, eine schöne Ferne, die ihr gleich nahe, ganz nahe sein würde. Und dann, erst dann, schlösse sie die Lippen um die weiße Süße ihres Fingers.

Großmutter kam zurück auf die Veranda. Mit einem behaglichen Seufzer setzte sie sich zu mir. Ich wartete, ob sie ein Gespräch beginnen würde, doch sie schien stillzufrieden damit, wie es war. Durchatmend schlug sie eine Zeitung auf, wiegte sich in ihrem Schaukelstuhl.

»Das hier interessiert dich sicher«, unterbrach sie mich schließlich beim Lesen, »ist das nicht die Schriftstellerin, die du für deinen Roman gewinnen wolltest?«

Als ich die Zeilen las, legte sich Bitterkeit auf meinen Gaumen; plötzliche Übelkeit in der Brust und im Hals … *im zweiundneunzigsten Lebensjahr … Ilse Hofstätter … gestorben* … Die Buchstaben vor meine Augen flimmerten, ich sah auf, doch auch jenseits des Textes erzitterte mir die Welt. »Malina, es tut mir leid«, hörte ich Kristyna-Oma sagen, »Malina, du findest sicher eine andere Schriftstellerin.«

Darum ging es doch gar nicht. Mir drückte es die Tränen aus den Augen. Die Autorin, die mich wie sonst keine bewegt hatte, gab es nicht mehr. Jene Autorin, deren Romane mir das denkbar Unerklärbarste nähergebracht hatten: mich.

Neben dem Nachruf war ihr letztes, bisher unveröffentlichtes Interview abgedruckt.

Ilse Hofstätter, bei der Präsentation Ihres letzten Romans sagten Sie, Sie wären in einem Alter angelangt, in dem Sie es satthätten, immer nur ein Et-

was hinzuzulernen, immer nur ein wenig mehr vom Gleichen zu erfahren. Was wollen Sie stattdessen?

Sehen Sie, ich bin eine zittrige, fast blinde alte Frau. Ich will endlich tun, was man im Casino »die Bank sprengen« nennt, ich will den Quantensprung springen, will die Explosion sein, die mich aus der Flachheit ins Licht reißt, weit über den Horizont alles bisher Erlebten, ich will, um es kurz zu sagen, den Theatersaal verlassen und raus ins Leben.

Das klingt, als wären Sie gewiss, dass dieses Leben nicht alles ist. Woher kommt dieser Glaube?

Weshalb ich denke, dass da etwas Größeres, Höheres, Helleres ist als dieses unser Leben? Weil es nicht sein darf, dass das Leben ausschließlich derart ist. Weil es nicht sein darf, dass der Mensch nichts weiter ist als ein ewig sehnsüchtiges, nacktes, auf zwei Beinen schwankendes Tier. Vielleicht deshalb. Reicht das denn nicht als Grund?

Ihr amerikanischer Schriftstellerkollege Mike Hums meinte, das Leben sei wie ein Apfel. Wenn ein Apfel aufgegessen sei, sei er aufgegessen und basta.

Schöne Allegorie und typisch Mike. Ich neige aber zum Bild des Buches als Lebensvergleich, eines, von dem die Leser annehmen, es sei zu Ende, doch dann entdecken sie, hoppla, das waren nur die ersten Zeilen einer sich jäh auftuenden unendlichen Geschichte.

Sie sagten einmal, ein guter Roman gleiche einem Perpetuum mobile. Was meinten Sie damit?

Ich weiß nicht mehr so genau. Womöglich meinte ich, dass sich der Roman mittels seines Endes fortschreibt, ähnlich dem Leben vielleicht.

Hier war das Interview zu Ende. Ich ließ die Zeitung sinken. Meine Lieblingsschriftstellerin war tot. Aber ihre Worte erreichten mit noch, würden mich immer erreichen.

Nach der Abendtoilette stand ich im Nachthemd vor der Tür, jener im Zentrum von Großmutters Haus. Ich stand davor und lächelte, wusste, dass sie da war, hinter diesem Wandvorhang. Ich könnte eintreten. Alle Fragen würden sich lösen dahinter, alle Fragen unnötig sein. Ich könnte eintreten, jederzeit, jetzt.

Aber für heute war es gut, wie es war. Ich würde einfach schlafen gehen. Nicht in mein Zimmer, draußen würde ich schlafen heute Nacht, in der Hängematte, zwischen Himmel und Erde, wie ich es in derlei Nächten mehrmals schon getan hatte. Und morgen würde ich wieder aufwachen. Morgen war ein neuer Tag.

- 33 -

Der Mond stand am Himmel wie eine Schüssel dampfende Vanillemilch. Dahinter waren, weit entfernt, kleine Sonnen angeknipst. Wenn ich emporsah, konnte es geschehen, dass ich, halb im Schlaf schon, in die dunklen Zwischenräume dieser Sonnen geriet. Obwohl ich doch in der Hängematte lag, wusste ich bald nicht mehr zu sagen, wo oben und wo unten sein mochte. Empor zum Nachthimmel hatte ich gesehen, doch nun, sah ich nun nicht auf ihn hinab? Ich glitt hinein, schwerelos, tief und tiefer. Würde das enden? Käme ich an irgendwann? Und wenn ja, erkannte ich ihn dann, meinen Ankunfts- und Bestimmungsort? Erkannte ich ihn als Platz, der unzweideutig meiner wäre? Plötzlich die absurde Gewissheit, dass ich längst da war und die Weite des Nachthimmels dieselbe wie die Weite in mir! Gleich nach dieser Verblüfftheit: ein befreites Lachen.

Nun machte es mir nichts mehr, dass ich anderntags fahren musste. Leicht war mir. Verflogen auch das Gefühl, als wartete noch etwas auf mich, als hätte ich etwas Entscheidendes verpasst. Was wollte ich denn noch mehr? So viele Sonnen in mir.

Und zu Großmutter käme ich bald wieder. Ja, auch das durfte ich, weil ich alles, alles, alles durfte! Mein Wunsch war mir Befehl. Gleich nach der Arbeit in der Bücherei, nächstes Wochenende schon, würde ich aufbrechen zum lange vereinbarten Treffen mit den Schwestern, den Eltern und ein paar alten Freunden. Zu meinem Teich aus Kindheitstagen. Auch Kristyna-Oma sähe ich dann, ihr Haus lag nur einen Katzensprung entfernt. Sie sollte Jakob einladen, ja!, zum Essen! Ich könnte ihm den von mir ausgesuchten Vers überreichen, vom Tal der Dichter, zum Dank, dass er mich ins Leben gerettet hat. Ich würde nicht kindisch sein und weiter schweigen, nein, reden würde ich, und Jakob würde ein bisschen verlegen sein wegen meiner Worte. *Schnell, berühr mich, wenn du möchtest, leise an der Stirn, fühle meine Zeilen.* Vielleicht traute er sich, berührte mich wirklich. Ansehen würde er mich mit seinen hellen, schlangengrünen Augen. Und dann würde er sagen: *Danke, Malina.* Das wären seine ersten Worte, seine allerersten nach all den Jahren, während derer er nicht gesprochen hatte, weil er einst, wie lange war das her, ein Mädchen so sehr gekränkt hatte.

Morgen also, morgen würde ich abreisen. Ich würde den Wagen starten, ihn auf die Sandstraße lenken und die Lichtung eigens langsam, eigens behutsam verlassen. Kristyna-Oma würde mir winken und immer kleiner werden im Rückspiegel.

Während der Fahrt durch den Wald, bevor ich den Bahnübergang und den Schranken passierte, könnte ich, wenn ich wollte, beim Dahingleiten die Augen schließen. Dann sähe ich es klar vor mir. Großmutters Haus. Gleich einer einsamen Wolke am weiten Himmel.

Danke!

Das ist jetzt eigenartig für manche, aber nicht für uns, danke, Emma-Oma, Heda-Oma, Grete-Oma!

Danke, Barbara G., Martina S., Verena H. und, wie so oft, Kräuterflüsterer Martin Flicker!

Danke, Esther, Maia, Stella!

Mehr von Thomas Sautner

Thomas Sautner
Das Mädchen an der Grenze
Roman
148 Seiten, gebunden, ISBN 978-3-7117-2047-4

»›Das Mädchen an der Grenze‹ hebt mit feinen Beobachtungen über Sinn und Unsinn von Grenzen sowie einer schönen Geschichte über gelebte Menschlichkeit an.« FALTER

»Souverän nimmt Sautner die Perspektive des Kindes ein. Auch die genaue Kenntnis des nördlichen Waldviertels macht die Beschreibung der Orte von Malinas Kindheit besonders.« DER STANDARD

»Für Malina fallen die Grenzen zwischen Traum und Wirklichkeit. All das ist anrührend und poetisch – ein großes Leseerlebnis. Thomas Sautner erzählt nicht nur von Sinn und Unsinn von Grenzen, sondern auch von einem ›eigen-artigen‹ Kind und der polternden Liebe seines Vaters.« KLEINE ZEITUNG

Picus Verlag Wien

Mehr von Thomas Sautner

Thomas Sautner
Die Älteste
Roman
144 Seiten, gebunden, ISBN 978-3-7117-2021-4

»So sehr das rationale Leser-Ich zunächst ›Vorsicht!‹ rufen will, so selbstverständlich liest sich Sautners Text. Und wahrscheinlich liegt der Grund darin, dass der Umstand selten genug eintritt, dass eine, nennen wir sie, esoterische Sinn- und Heilsuche auf ganz unesoterische Art und Weise aufgeschrieben wird. Es wird eine Geschichte erzählt und die will man auch bis zum Ende lesen.« Der Standard

»Stimmungsvoll und mit großer Empathie.«
Die Presse

»Humorvoll und angenehm unesoterisch beschreibt Sautner diese reinigende Heilssuche, die den Leser an einem heißen Sommertag ins kühle Waldviertel mitnimmt und an einen erfrischend kalten Moorteich.« ORF

Picus Verlag Wien